新潮文庫

モンスターマザー

—長野・丸子実業「いじめ自殺事件」教師たちの闘い—

福田ますみ著

新潮社版

11066

はじめに

長野県の東部に位置する北佐久《さく》郡御代田町《みよたまち》は、日本有数の避暑地、軽井沢に隣接しながら、その喧躁《けんそう》とは無縁の静かな高原の町である。人口は1万5000人ほど。高原野菜の栽培と精密部品の製造が盛んだ。

この町の浅間山を望む丘陵地に一軒の家がある。淡いピンク色の外壁に曲線を配した白いバルコニーが印象的な2階建てで、窓からは白いレースのカーテンがのぞいている。

2005年12月、悲劇はこの家で起きた。

〈丸子実高の1年生自殺　母「いじめ」　学校側は否定

六日午前六時半ごろ、丸子実業高校（小県郡《ちいさがたぐん》丸子町）一年生の高山裕太君（16）が北佐久郡御代田町の自宅自室で首をつっているのを、母親（41）が見つけた。高山君は搬送先の病院で同七時半、死亡が確認された。佐久署は自殺とみている。母親によると、高山君は所属していた運動部内でいじめがあったことを苦にしていたという。高校側は「いじめとは考えていない」としている。

高山君が学校での悩みについて気持ちを書き留めていたノートには、亡《な》くなる前日の五日、「いじめをなくしてもらって、謝罪をしっかりしてもらいたい」などの記述があった。

高校によると、高山君はもともと声が出にくい症状があったという。高校側は、部員が六月中旬に高山君をまねたり、七月中旬に高山君を含む複数の一年生を正座させ、ハンガーで頭をたたいたことは認めたが、「いじめとは考えていない」（校長）としている。

高山君は八月下旬から不登校になり、九月二十六日に登校した際に、この部員が直接謝り握手を交わしたが、同二十七日午後から再び不登校が続いていた。今月三日に校長が高山君と母親に面会し、五日から登校することになっていたという。

校長は「母親が言う暴力やいじめと、学校側の認識に違いがあった」と説明。「母親との話し合いを何度も求めたが、（今月三日まで）実現しなかった。（生徒が亡くなったことは）非常に悲しく残念に思います」と話した。

これに対し、母親は「からかわれたり、暴力を受けたこと自体がいじめだ。学校は、子どもの気持ちが分からず、対応がまずかったことを謝罪してほしい」と訴えている。

県教委の丸山 晃《あきら》 教育長は「関係者から事情を聴き、事実を把握したい」と話している〉

（信濃《しなの》毎日新聞　2005年12月7日付朝刊）


この事件は全国ネットのテレビニュースやワイドショーでも報じられた。7日のテレビ朝日「報道ステーション」、8日の同じくテレビ朝日「スーパーモーニング」、フジテレビ「とくダネ！」などである。裕太君の母親・高山さおり（仮名）は、自宅に入ったテレビカメラの前で実名を名乗り、素顔も晒《さら》して取材に答えている。彼女は涙にむせびながら自転車のチェーンロックを示した。

「これで首を吊《つ》っていました。そしてこれ（マスク）を口に当てて、たぶん声を、苦しい声を出さないように我慢したのよ。苦しかったに違いない、苦しいに決まっているじゃないですか。お母さんとかに聞こえないように、心配かけない……」

裕太君は入部していたバレーボール部でのいじめや暴力が原因で自殺したと彼女は言う。

「学校悪かったんです。きちんと対処してくれていたら、子供、死ななかったんです」

「(裕太は) 声がよく出なくてかすれているんですが、声が出ないこと、『あ、あ、う』とかいうのをまねして笑いものにしていたそうです。ハンガーで頭を殴られたんですが、正座させられて、密室に集められて、一人の子が、気に入らない子がいれば、全員連帯責任だと言って」

彼女は記者たちに、学校とのやりとりや裕太君が記したという文章、携帯メールの送受信記録などをまとめた分厚いファイルを示した。

そして、乱れた字で書かれた裕太君の遺書も、記者たちに見せた。

「ええ、ポケットに紙切れ、これくらいのもので、『お母さんがねたので死にます』って、もう本当にぐしゃぐしゃな字だったんです。精いっぱいの一言だったと思います。こんなちっちゃなメモ用紙に、たぶんごめんなさいという気持ちを込めたんだと思うんです」

続いて、丸子実業高校の太田真雄《まさお》校長 (仮名) の記者会見の模様も映し出された。

校長は、部活で、裕太君の声をまねする行為やハンガーで頭を叩《たた》いた事実があったことは認めたが、自殺につながるようないじめや暴力は否定した。

それではなにが原因なのか。

記者「じゃ、学校での問題よりも、やはり校長先生はその家庭……」

校長「絶対私はそう思ってます。はい」

記者「それが原因だと。母親が原因だと」

校長「はい、これは、確実に言えます」

校長は言い切ったあと、こう付け加えた。

「物まねということがですね、いじめであれば、もう世の中じゅういろんな行為がですね、いじめにされてしまうんじゃないかなというような、ただそれには不満なんだよね」

その時、校長が薄笑いを浮かべたように見えた。このテレビ報道の直後から、丸子実業高校には抗議の電話が殺到したのである。

裕太君の自殺からほぼ1か月後の06年1月、事態が動いた。母親・高山さおりの代理人として、東京弁護士会所属の弁護士、高見澤昭治《たかみざわしょうじ》が長野県庁で記者会見を行ったのだ。

高見澤は04年、イラクで武装勢力の人質となった邦人の市民活動家ら3人を、ドバイまで迎えに行った人権派弁護士である。原爆症認定申請集団訴訟東京弁護団長、ハンセン病違憲国家賠償訴訟東京弁護団副団長なども務めている。

大勢の報道陣を前に、高見澤は驚くべきことを口にした。高山裕太君に対する殺人と名誉毀損《きそん》の容疑で、丸子実業高校校長の太田真雄を刑事告訴するというのだ。

高見澤は、告訴状のコピーを居並ぶ記者たちにばら撒《ま》いた。このため、新聞各紙のその日の夕刊と翌日の朝刊に、「校長を殺人罪で告訴」との刺激的な見出しが躍ったのである。

〈高1自殺「精神的に追い詰めた」遺族が校長告訴

県立丸子実業高校の一年生の男子生徒＝当時（一六）＝が昨年十二月六日に北佐久郡御代田町の自宅で自殺したことをめぐり、遺族は十日、同校の校長が精神的に追い詰めたのが自殺の原因として、殺人罪と名誉棄損罪の疑いで丸子署に告訴状を提出した。

告訴状によると、生徒は「鬱《うつ》病」を発症しており、自殺する危険性が高く心理的な圧力などを避けなければならないのに、校長が「欠席日数が続くと二年生への進級が極めて困難になる」という内容の文書を送った結果、絶望と不安にかりたて自殺に追いやったとする。遺族側では、校長の行為は未必の殺人にあたると主張している。

また、校長は生徒が自殺した当日の記者会見で、「（生徒は）五月の下旬に家出したのですが、原因はお母さんの財布から二万円を抜き、それについて多分お母さんから相当怒られたのでしょう」などと発言しているが、事実無根で名誉棄損に該当するとしている〉

（産経新聞　2006年1月11日付朝刊）


遺族側は、この刑事告訴だけでなく、民事でも、いじめの加害者と学校の責任を追及しようとしていた。3月9日、高山さおりは、学校を管理する長野県と校長、いじめや暴行をしたとされる上級生とその両親を相手取って、8329万円余（のち1億3800万円余）の損害賠償を求める民事訴訟を長野地裁に起こしたのである。

しかし、母親の提訴に対して、長野県、学校長、加害者とされた生徒及びその両親は徹底的に争う姿勢を見せた。この対立はやがて、刑事と民事が多数入り乱れる前代未聞《みもん》の訴訟合戦に発展してゆく。

長野県の教育史に深く刻み込まれることになった「いじめ自殺」事件の全貌《ぜんぼう》を、明らかにする。

モンスターマザー＊目次

本文に記載されている組織名、役職名等は取材当時のものです。
なお、登場人物に関しては一部を除き敬称を略させて頂きました。高山裕太くんのご冥福をお祈り申し上げます。

著者

モンスターマザー

長野・丸子実業「いじめ自殺事件」教師たちの闘い

学校長と教育委員会は、被害者に対して、まず、学校管理下で事件が発生したこと自体について深くお詫《わ》びするとともに、事件の発生並びにその後の学校側の対応につき、少しでも学校側に落ち度・責任があると認めるときは、その自らの落ち度・責任を具体的に説明した上で心より謝罪する。

（「飯田高等学校生徒刺殺事件検証委員会　提言」より）

第一章　家出

高山裕太君が丸子実業高校の建設工学科に入学したのは２００５年4月6日のことである。

同校には、普通科、商業科、応用生物科、被服科、建設工学科の五つの学科が置かれ、05年度の入学者は３２０名だった。裕太君が建設工学科を選んだのは、将来、工科大学に進んで建設関係の仕事に就くことを夢見たからである。

裕太君は、入学と同時にバレーボール部に入部する。丸子実業高校男子バレーボール部は、前年の北信越高校総合体育大会で初優勝し、続いて全国高校総合体育大会でも準優勝するなど、県内有数の強豪チームとしてその名を知られていた。

小学生の時、地元の少年バレーボールチームに入り、中学校でも3年間バレー部に所属していた裕太君にとって、丸子実業のバレー部はまさに憧《あこが》れの存在だったのである。

このチームを率いていたのが、同校の体育教師で、バレー部の顧問および監督を務める上野正俊（仮名）である。上野は順天堂大学を卒業後、一般企業を経て教員となり、バレーボール指導歴は05年ですでに21年に達していた。

彼が丸子実業高校に赴任したのは１９９３年４月である。この頃、同校バレー部は、地区大会で１回戦負けするほどの弱小チームだった。着任早々、上野はバレー部の他の顧問二人と自腹を切って、３００万円ほどの中古のマイクロバスを購入する。

週末には自らそのマイクロバスを運転して生徒たちを引率し、数多くの大会に出場、大会がない時は他校との交流試合のための遠征に出かけた。試合経験を積み重ね、自分たちより強いチームと対戦することで、弱小チームはめきめきと力をつけていった。

そして次第に、県内全域からバレーのうまい生徒たちが入学してくるようになったのである。

上野はやがて、遠方の地域からやって来る生徒たちのために、自宅の隣の空き家を借りうけて寮とし、「専心寮」と名づけた。寮母として、６、７人ほどの寮生の面倒をみたのは、やはりバレーボールの選手だった妻の京子（仮名）である。

05年4月16日、バレー部の新入部員歓迎会と保護者説明会が同校の体育館で行われた。上野が高山裕太君の母親、高山さおりに会ったのは、この時が初めてである。

さおりは、自分でママさんバレーのチームを持っているとか、エースアタッカーをやっているとかいった話を一方的にしゃべった。歓迎会の席で、新入生と保護者がいっしょに自己紹介をする時も、さおりは裕太君に一言もしゃべらせず、「裕太は声が出にくいけど大丈夫です」と説明した。

ただし、上野はすでに4月初めに、裕太君と同じ中学出身の上級生の部員から、彼の声が出にくいことを聞いていた。原因は不明だが、中学生の時にしゃがれ声になったらしい。

そこで上野は、練習中の声出しや大会の応援の際、裕太君に無理をさせないよう、代わりにメガホンによるリズム取りをさせるなどの配慮をした。

裕太君は、運動能力はそれほど高くないが、おとなしくて真面目《まじめ》、素直な性格で、みんなの話を相槌《あいづち》を打ちながらよく聞いているような生徒である。部活動には熱心で、無断で練習を休むことは一度もなかった。部に溶け込んでおり、上級生からもかわいがられていた。

この年、バレー部の1年生は裕太君を含めて14人。体育館でみなで弁当を広げて昼食を食べることが多かった。ところが、裕太君が持ってくる弁当のおかずはいつも、冷凍食品やスーパーの総菜ばかりである。

「裕太、毎日同じ弁当だな」

「お母さんを起こすのはかわいそうだから、朝4時起きして自分で作ってる」

さおりはシングルマザーで、働きながら裕太君とその弟を育てていた。

弁当のことでは、裕太君が所属していた1年9組のクラス担任・立花実（仮名）もこんな経験をしている。入学早々、彼はさおりから電話を受けた。

「ここ2、3日お弁当を食べてこないので、先生から理由を聞いてもらいたいんですけど」

さおりは、自分が弁当を作って持たせていると言っていた。

そこで、立花が裕太君に理由を聞くと、

「まだ学校に慣れないのと、昼休みに少しバレー部の用事があるからゆっくり食べていられないんです」

そう答えたが、しまいに泣き出してしまった。なぜこんなことを聞かれたくらいで泣き出すのか、立花は理由がわからず面喰《くら》った。しかし立花はその時、裕太君が声が出にくいことを気にしていることに気がつく。

「いつから、こんなふうになったの？」

「中学2年の時、バレーボールの応援で声が潰《つぶ》れてしまったんです」

「そうか。でも、よい医者にかかればきっと治るよ。先生の方からお母さんに話してみるから」

立花はそう励まし、さおりに電話をして受診を勧めた。立花とさおりが付き添って、同校の校医である耳鼻咽喉《いんこう》科の医師の診察を受けたのは4月18日のことである。

診断は「音声障害」。声帯がよく閉じ合わさらないことが原因で起こるが、手術をするほどではなく、通院して発声練習をすれば治るとの説明だった。医師の言葉に、裕太君もさおりも安心した様子だった。念のため、大学病院など複数の病院でも診察を受けた。

立花は、さおりから受け取った診断書の内容をすべての教師に伝え、裕太君が声のことでいやな思いをしないよう配慮を依頼した。以降、裕太君が教科書を朗読させられたり、無理に声を出さなくてはならないようなことはなくなったのである。

ただその後、立花はさおりから、「医師からこれ以上よくならないと言われた」とがっかりした声で報告を受けている。

とはいえ、裕太君の学校生活そのものは順調な滑り出しだった。授業態度も真面目で遅刻もほとんどなかった。

4月下旬、バレー部監督の上野は、母親のさおりから苦情の電話を受けた。朝の練習開始時間が早すぎるし、夕方の練習が終わるのも遅すぎるので、裕太の帰宅が遅くなって困るというのだ。今まで保護者からそうした苦情が出たことはなかったので、上野は戸惑った。

ただ裕太君が、通学に片道だけでも90分ほどかかっていたことは事実だった。

そこで上野は、裕太君を含む電車通学の生徒に対して、朝の練習は午前8時15分から、夕方の練習は午後7時までに終えるように指導した。その結果、裕太君は他の部員とともに、今までより1本早い電車で帰れるようになったのである。ところがどういうわけか、自宅に帰りつくのは以前と同様、かなり遅い時間だったようだ。

5月30日、裕太君は何の連絡もなく学校を休んだ。

夜7時過ぎ、立花はさおりから「裕太が家出をした」という連絡を受ける。本人の制服や携帯電話があるのに通学のための自転車がないので家出だと判断し、捜索願を佐久《さく》警察署と丸子警察署に出したという。

「（家出の理由について）何か心当たりはありませんか」

立花が尋ねると、さおりはこう話した。

「昨日、弟（次男のこと）のために用意したお金が財布からなくなっていたんで、裕太を疑って問い詰めたんですよ。でも、（お金を）取ったことを認めなかったので、家から出ていけと言ってしまったんです」

翌31日午前9時40分、教頭の田中信一（仮名）は県教委教学指導課にファックスで、裕太君の家出を報告した。その際、家出の原因として、「本人と母親との間で金銭上のことで口論があり、母親は本人に『家を出ていけ』と言ったという」と記した。

立花と上野、それにバレー部員7人は早朝から裕太君の捜索を開始する。その最中、さおりが興奮して口走ったことに立花と上野は驚いた。

「私の父は去年、軽井沢大橋から飛び降り自殺をしているんです。裕太にもその心配がある。もう自殺してしまっているかもしれない」

そして、金がなくなったことを疑ったり、「家を出ていけ」と言ってしまったことを大いに悔やんでいた。

両教諭はさおりを励まし、御代田町《みよたまち》の東端、軽井沢町との境にある軽井沢大橋まで車を飛ばした。橋の欄干から眺めると、はるか眼下に深い渓谷が広がっている。

「こんなところで……」

上野たちは息を呑《の》んだが、さおりの話にはさらに驚かされた。

「自殺現場と遺体を裕太に見せてしまったので、万一同じことを思っていたら困る。身内で父方の伯父や叔母が二人、命を絶っているのでとても心配で……」

だが幸いなことに、裕太君はそこにはいなかった。

午後1時半頃、さおりと立花は、佐久市内の書店にいる裕太君を発見する。さおりは裕太君に駆け寄り、抱きしめてこう言った。

「裕太、よいお医者さんに診てもらって、声はきっと治してやるからね」

（ん？　なぜ高山さんは、裕太君に「家を出ていけ」と言ったことを詫《わ》びないのだろう）

二人を見守っていた立花に、さおりの言葉はひどく突飛に聞こえた。

裕太君発見の連絡を受けて駆けつけた上野と部員たちは、裕太君を取り囲み、

「明日からまたいっしょにバレーを頑張ろう」

そう励ますと、最初は泣いていた裕太君も笑顔になった。さおりは、教師たちとバレー部員たちに深々と頭を下げた。

あくる日の6月1日、さおりは裕太君とともに始業前に来校し、太田校長に面会し

て改めて礼を言った。その際、音楽が専門の校長は、

「声が出づらいなら発声練習をしようか」

そう声をかけ、その日の昼休み、裕太君に発声のアドバイスをした。校長の印象では、裕太君は確かに声を出しにくそうだが、ゆっくりした会話にはそれほど支障はなく、表情もとても明るい少年だった。最後に校長は裕太君と、「今後も（発声練習を）継続していこうね」と約束したのである。

担任の立花の目にも、その後の裕太君は、何事もなかったかのように学校生活を楽しんでいるふうに見えた。クラスによく馴染《なじ》み、孤立している様子はなかった。

立花は、7月に2回、クラスの生徒全員に対して個別の面談を実施した。副担任の松本賢二（仮名）が担当して、生徒一人ひとりに、授業や学校生活全般で悩んだり困ったりしていることはないかと聞き取っていったのである。この面談で裕太君は2回とも、「学校生活で悩みはない」と答えていた。さらに、「バレーはそこそこ頑張っている。将来は設計士になりたい」とも話しており、どうやら5月の家出の影響はほとんどなさそうで、立花も松本も安堵《あんど》した。

1学期の終業式が行われた7月25日には学級懇談会が開催された。その際、立花の指導に不満を持つ保護者がいたが、その保護者に対して、さおりは立花をかばう発言

をした。

自分の子供が家出をした時、授業があるにもかかわらず、担任を始め先生方、生徒たちまで捜索に加わってくれた。見つかった時は子供を責めることなく学校に戻してくれた。弁当を作って持たせているが、残してきた時、担任の先生に相談したところ、原因がわかり対処できた。担任に相談に行けばいいのではないか。先生方は授業もあり、貴重な時間を割いて生活指導に当たってくれていることを、保護者の皆さんは理解した方がいい――。

1学期、裕太君はクラスで39人中5番の成績を上げた。立花は、学級懇談会の後の三者懇談で、遠距離通学にもかかわらずクラブ活動にも打ち込み、勉学でも優秀な成績を収めた裕太君の努力と頑張りを大いにほめたのである。

一方、上野率いるバレー部での裕太君の様子にも特に変わったところはなかった。部活動を休むことなく熱心に楽しそうに練習しており、他の部員との関係も良好だった。

7月10日にはインターハイに向けて、バレー部保護者会主催の壮行会が行われた。毎年の恒例行事で、この年は「焼き肉大会」である。さおりと裕太君も出席し、さおりは終始上機嫌だった。バレー部では、こうした集まりの折に親子で挨拶《あいさつ》することになっている。ところが、さおりのみが一人でしゃべった。

「裕太は声が出ないので私が話します」

「まなぶ（仮名）の方が運動神経がいいので、（選手として）使えると思う。来年、この学校のバレー部に入れます」

まなぶ君とは、裕太君の1学年下の弟である。

さおりが話をしている間、裕太君は母親にずっと背を向けていた。

7月26日に夏休みが始まると、バレー部はほぼ連日、6時間に及ぶ猛練習を行った。1年生の中には音を上げる者も少なくなかったが、裕太君は1日も欠かさず参加していた。

新学期が始まったのは8月22日である。

バレー部は、27日から28日にかけて富山県で行われた北信越ミニ国体に出場し、裕太君も他の部員たちと応援に出かけた。

宿舎での裕太君はふだんより元気な様子で、部員たちや保護者を相手に笑顔でこんな話をしている。

「新しいバレーシューズを（母親に）買ってもらったので、2月の春高バレーを目指して頑張ります」

春高バレーとは全国高等学校バレーボール選抜優勝大会（当時）の略称で、夏のインターハイ、国体と並ぶ全国大会である。裕太君はすでに、翌年2月に行われる長野県予選を見据えていたのだ。

8月30日の午後8時半頃、立花のもとにさおりから電話が入った。

「今日、裕太は学校に登校したでしょうか？　自転車と空気入れがないので家出したみたいです。シューズ代として渡した2万円を持って出たようです」

あわてた口調だった。

（え、また家出？）

立花は驚いたが、その日、裕太君はホームルームに出席していたように思った。

「登校していました」

ところが、すぐに勘違いしていたことに気づき、さおりに折り返し電話をして謝った。

「なにか心当たりはありませんか」

さおりからそう聞かれた立花は、前日、裕太君が、夏休み中の製図の課題を提出していないことを知って心配し、「2学期の評定が1になってしまうけどどうして間に合わなかったのかね。お母さん悲しむね」と声をかけたことを伝えた。それに対してさおりは特に何も言わなかった。

31日早朝、立花は再びさおりから電話を受けた。裕太君の部屋を調べていて、弟への書き置きを見つけたという。「へやのものもらっていいよ」と書いてあったとのことだった。

立花は午後から、さおりとともに捜索を開始した。夕方5時頃まで、小諸市内、佐久市内を捜しまわったが、裕太君は見つからない。

捜索の最中、立花は、「警察に捜索願を出しましょう」と勧めたが、さおりは気が進まない様子である。

「警察はあまり協力してもらえないから」

立花はまた、JR長野新幹線(当時)が停車する佐久平《さくだいら》駅も捜した方がいいと言ったが、

「遠くへ行ってしまえば捜しようがないからいいです」

午後5時頃、立花はさおりとの別れ際《ぎわ》に、こう聞いた。

「裕太君が発見されて学校に戻りたいと言ったらどうしますか?」

「本人にやる気がなければ学校にもクラブにも出しませんよ」

高校生の息子に対する言葉とも思われない物言いに、立花は驚いた。

結局、31日の夜半になっても裕太君の行方はわからず、9月1日早朝、さおりは佐久警察署に捜索願を提出した。上野は出張中だったため、バレー部顧問で部長の黒岩裕一（仮名）が捜索に加わった。

我が子の行方がわからないことからくる不安と焦《あせ》りがそうさせるのか、さおりは次第に、教師たちに対して、いらだちや怒りをむき出しにするようになる。

立花と黒岩に裕太君の書き置きを見せた彼女は、取り乱した様子でこう口走った。

「子供はもう自殺している。原因は立花担任にある。学校は私に全面的に協力しろ。警察は非協力的なので、佐久署と消防に学校から要請してほしい」

ほとんど命令口調である。家出の原因だと名指しされた立花は恐縮して頭を下げるばかりだった。彼自身、裕太君に奮起を促すための言葉が、かえって家出のきっかけになったのではないかと気にしていたからだ。

黒岩はさおりを落ち着かせようと、何度もこう励ました。

「だいじょうぶですよ。また元気に戻ってきますよ。警察も協力してくれますから」

同時に、こうも思った。

（高山さんはなぜ、今回の家出は立花の言葉が原因だと決めつけているのか）

そもそも、裕太君が今まで課題を出さなかったことは一度もないのだ。

「なんで裕太君は製図の課題をやってこなかったんでしょう」

「バレーの練習が忙しかったからですよ」

「でも、夏休み中は午後4時に練習を切り上げていますので、時間はあったと思います」

黒岩が説明すると、さおりはこう言った。

「帰った後、家事が忙しかったんです」

まず、立花と黒岩が佐久警察署を訪れ、事情を説明して、警察の正式な捜索を依頼した。その後、黒岩とさおりがコンビニで裕太君の写真入りのビラをコピーし、手分けして捜すことにした。

その時、黒岩は立花と同様、佐久平駅を捜索するよう提案したが、さおりは今度も首を横に振った。

「裕太が新幹線に乗ることは考えられないので、捜さなくていいです」

夕方になり、黒岩と立花はいったん学校に帰ることにした。立花は午後8時頃から小諸市内でビラを配ったが、さおりが住んでいる町内の一斉捜索をしたいというので、再度、佐久警察署と御代田消防署を訪れて頼んだ結果、翌日に捜索することが決まった。

立花はその後も、小諸市内のコンビニを9店回ってビラを配布し、午前1時を回ってようやく帰宅した。

9月2日午前9時から、御代田消防団が町内を一斉捜索したが手がかりはない。やむなく正午に解散式をして捜索を終了しようとしたところ、さおりは佐久署員に詰め寄り声を張り上げた。

「なんで捜索を打ち切るんだ！　裕太はもう死んでいる」

興奮するさおりを、佐久署員がたしなめた。

「みんな仕事を休んでボランティアで協力しているのだから」

彼女は、解散式に立ち会っていた黒岩と生徒指導主事の教師・尾野晶（仮名）に対しても、こう泣き叫んでいる。

「先生、生徒みんなで捜せ！　原因は学校にある。裕太はもう死んでいる」

消防団が捜索している間の午前11時、黒岩と尾野、それに裕太君の同級生で同じバレーボール部の生徒2名が、さおり宅に出向いている。捜索について話し合うためだ。

さおりは彼らを前に、お盆の頃、「バレーが苦しい」とこぼした裕太君を、こう言って叱《しか》ったと明かした。

「バレー部をやめるなら、学校もやめて死んで。家を出る時は携帯を置いていけ」

黒岩は耳を疑った。これでは母親自身が家出のきっかけを作っているようなものではないか。なにより、我が子に「死ね」と言う親がいったいどこにいるのか。

裕太君自身の、「バレーが苦しい」という発言も腑《ふ》に落ちなかった。自分は部長として、裕太君が夏休み中も熱心に練習する姿をこの目で見ている。その彼がなぜそんなことを言ったのか、本心がつかめなかった。

午後4時半頃、黒岩がさおりに電話をすると新たな情報があった。裕太君の自転車が佐久平の駅で見つかり、8月31日午前11時20分時点で駅の防犯カメラに本人が映っていることがわかったというのだ。裕太君は新幹線に乗って遠方に向かったのではないか。予断は許さないが、ようやく手がかりが見つかったのは光明だった。

だが、さおりの攻撃的な態度はエスカレートするばかりである。

9月3日午前10時過ぎ、さおりからの電話を取った立花は、いきなり責め立てられた。

「昨日、午前中に2回電話したのになぜ出なかったのか。その後も一日中、電話してこないのはなぜだ！」

「午前中は携帯を充電していたんです。昨日は、他の先生が捜索をおこなってくれることになり、私は待機を命じられていたので」

「家の固定電話にもかけてこられるのに、なぜ連絡をくれなかったのか。成績が1になることで、『お母さん悲しむね』と言ったそうだが、子供は自分のために勉強しているのであって、親が悲しもうが悲しむまいが私が判断することで、担任の判断することではないじゃないですか」

立花はたじろいだ。1回目の家出の際、教師たちに丁寧に頭を下げた彼女とはまったくの別人になっている。

午後1時過ぎ、再びさおりからの電話を受けた立花は、彼女の剣幕を恐れてついこう言ってしまう。

「午後これからお伺いしましょうか」

「邪魔しに来てもらわなくてもいい。東京方面でビラを配るための写真提供をしてほしい。写真をなくしてしまったので、大至急、子供と二人で写っている写真と競歩大会の写真をお願いしたい。その他どんな小さな写真でもいいからお願いしたい」

そこで立花は、バレー部の保護者に写真を借りたり、写真館でクラス写真を引き伸ばしたり、パソコンが得意な教師に頼んで競歩大会の写真を拡大したりして、大急ぎで自宅に届けた。ところが彼女は、感謝するどころか色をなして怒るのだった。

「(写真は)必要なものだけ持ってきてもらえればよかった。先ほど教頭先生に、(今回の経緯を)全部話した。クラスの親に批判されているのがよくわかった。子供に、報告、連絡、相談を要求しているが一番やっていないのは担任じゃないか。先生の発言以外に原因が考えられない。先生が、裕太の30日の欠席を見落としてしまったので対応が遅れてしまった」

　午後6時半過ぎ、三たび、さおりから立花に電話があった。

「(写真を)早く持ってきてくれなかったので列車に間に合わなかった。1分でも早く届けてもらえればと申し上げたはずだ！　どうして頼んだ以外のことをやった。それも自分の判断か。遅れたおかげで、警視庁へも行けなくなった。どうしてくれる。担任は学校をやめてもらいたい。許さない。東京へ行って捜しなさい！　のうのうと寝ていないで外に見つかるまでいろ。子供が家出以来私は何も食べていないのに、なんであなたはブクブクしていられるんだ。子供を早く返して！　迷った時に助けるのが教師ではないか。裕太が死んだら責任取りなさいよ！」

　彼女の口からこれでもかと吐き出される罵倒《ばとう》の言葉に、立花は茫然《ぼうぜん》とした。裕太君の家出以来、連日深夜まで捜索に走り回っているのに、どうしてここまでひどいことを言われなければならないのか。この世に生を享《う》けて以来の最大の非難だ――。立花はそう思った。

この1時間ほど前、バレー部部長の黒岩もさおりから電話で激しい罵声を浴びている。

「ビラ配りをするかしないかはっきりしろ！」

「どこで下車したかわかりますか」

「わからないけど東京全部を捜すしかない」

裕太君が下車したのは、必ずしも東京とは限らない。仮にもし東京だとしても、東京全域をなんの手がかりもなく捜しまわるなど無茶である。まず警察に相談して情報を収集するのが先決ではないか。それに、東京に出かけるとなると出張扱いとなり、出張は校長の裁可がないとできない。

「私の立場では判断できません」

「担任の一言で家出したから学校に責任がある。県教委に言うぞ！」

だが、裕太君の家出についてはすでに、校長や教頭から県教委に連絡がいっているうえ、職員たちはみな懸命に捜索に走り回っている。非難されるいわれはない。黒岩は言い返した。

「どうぞ」

　午後9時過ぎ、黒岩の携帯にさおりからの着信履歴があった。黒岩が折り返し電話をすると、さおりが一方的にわめき出した。

「今、東京行きの最終の新幹線の中にいる。鉄道警察に依頼し、夜中も捜す。学校は無責任だ。ただし、写真を加工してくれた先生には感謝している。立花担任に写真を頼んだが、余計なこと（集合写真から個人を取り出す）をしたから、東京行きの新幹線が最終になった。どうしてくれる！　頼んだこともできないのか。こんな状況の時に、学校は何もしてくれない。こっちは一晩中でも捜そうとしているのに、担任は一緒に捜そうともしない。一人でビラを配るには限界がある。学校のみんなが手伝ってくれれば、もっと早く捜せるかもしれない。学校は気楽だ。用意した50枚のビラだけでは東京都内に配るには不足で、4000枚必要だ。私のパソコンにデータがあるから、取り出して学校でもビラ作りを手伝って、配ってほしい。子供の青春をつぶした学校は責任をとれ！　東京へいっしょに来い！」

　この遅い時間に、おそらく次男のまなぶ君しかいない家に勝手に上がり、パソコンからデータを取り出してカラー印刷のビラを4000枚も作って配るなど、およそ尋常な話ではない。

「私の立場では判断できません」

黒岩はやはり、そう返答するしかなかった。

9月4日の午前10時、黒岩の報告を受けた教頭の田中は、県教育委員会の教学指導課と協議を行った。教学指導課では、捜索の方法について、学校、警察、カウンセラー、それに保護者の四者で話し合う場を設けた方がよいという判断だった。

午後1時30分、黒岩の携帯に再びさおりからの着信履歴があった。黒岩が折り返すと、受話器の向こうで怒気を含んだ声がする。

「学校はビラを配る気があるのか」

「いつ戻りますか」

「午後4時か5時に東京から戻る予定だ」

これからどうすればいいか、さおりの意向を聞こうとすると、

「私にも考えがある」

そう言って、電話は切れてしまった。

そこで急遽《きゅうきょ》、佐久平駅に彼女を出迎えることにした。

といっても、さおりの戻る時間がわからなかったので、午後2時くらいから、黒岩、田中教頭、尾野生徒指導主事の3人が、佐久平駅のロータリーで、彼女が戻るのを待

つことにした。

1時間ほどするとさおりが姿を現した。教師たちの顔を見るや、立花への不満を並べ立てるので、3人はまず謝罪した。そのうえで、今後の捜索について話し合いの場を設けたいと言ったが、彼女はまったく聞く耳を持たない。

「学校は、担任をかばうことしかしない！」

と捨て台詞《ぜりふ》を残して、自宅に帰っていってしまった。

翌5日の午前7時頃、黒岩の携帯にさおりからの着信履歴があった。すぐに電話をすると、

「裕太が今、上野署で保護された。本人も担任が家出の原因だと言っている」

なにはともあれ、6日ぶりに裕太君が無事保護されたのである。

ところが、「お迎えに上がりたい」と言ってもさおりは帰宅時間を教えない。仕方がないので、時間を見計らって立花と尾野が御代田町の自宅を訪問した。

出てきたさおりに二人は深々と頭を下げた。

「ご心配、ご迷惑をおかけしました。本人に安心して登校してほしいことを伝えに来ました」

だが返ってきたのは、耳を聾《ろう》するような怒鳴り声である。

「担任交代、いや退職しろ！　裕太だって先生が原因だって言っている。なんで校長、教頭が謝罪に来ないのか。前回、尾野、黒岩は佐久平駅でへらへら笑っていた。もう二度と家に来るな！」

そう叫ぶなり玄関のドアを力いっぱい閉めた。あやうく指を挟まれそうになった尾野の隣で、立花はさおりの言葉にショックを受けていた。本当に裕太君は、自分が原因で家出したと言っているのだろうか。担任交代を望んでいるのだろうか。本当にそうなら自分は退職してもかまわない。しかしせめて、裕太君と直接会って本心を聞きたい。もしかしたらさおりは、裕太君をこのまま学校に登校させず、全《すべ》ての責任を自分に押しつけようとしているのではないか。それに、こんな母親のもとで、裕太君は無事に成長できるのか――立花の思いは千々に乱れた。

さおりは帰宅早々、県教育委員会の上田教育事務所に電話をしている。応対したのは、主任教育支援主事の佐久間茂である。

立花担任の出欠の誤認は許せない、指導力不足も問題だ、学校側はごまかしが多すぎる、謝罪を文書にして持ってくるように、校長と担任の謝罪文が欲しい――さおりは一方的にしゃべりまくった。恐ろしく興奮していて、時折絶叫する。佐久間は仕事柄、保護者などからの苦情を受けることが何度かあったが、これほどのものは初めてである。

さおりは、丸子実業高校のPTA会長にも電話をして学校への不平不満を言い募った。

「話し合いに応じたらどうですか」

PTA会長がそう勧めても、

「応じられない、(学校は)謝りもしない」

「本人を登校させたらどうですか」

「その段階ではない。裁判をしてやる」

取りつく島もなかった。

翌9月6日も、彼女は県教委や学校関係者に何本もの電話を入れている。

まず朝には、県教委教学指導課に連絡し、学校職員が裕太本人から話を聴くことは認めないと言い張った。次に副担任の松本に電話をし、立花担任の「お母さん悲しむね」という言葉で子供は出ていってしまった、今回のことは立花と学校の一〇〇パーセントミスだとしつこく繰り返した。5月の家出の際は立花にあれほど感謝していたのに、いったいどうしてこうも変わってしまったのか。松本はただ唖然《あぜん》とするばかりだった。

さらにさおりは学校に電話を入れ、応対した教頭の田中に文書での謝罪を強硬に要求する。

「話し合いの場をお願いしたい」

田中が頼むと、さおりは、

「それなら電話を切る」

と、叩《たた》きつけるように電話を切ってしまった。

校内の体育研究室にいたバレー部監督の上野のもとにも、昼頃、電話がかかってきた。

「裕太はバレーに燃えていた。先週の北信越国体はすごく楽しかったようだ。シューズも新しくしたし、こんな裕太を担任はめちゃくちゃにした」

立花を罵《ののし》り、学校の対応の悪さを非難した挙句、さおりは気になることを口走った。

「今回のこととは関係ないが、バレー部のことをつかんでいる。外には出さないけど」

上野には、心当たりがまるでなかった。

午後4時に、さおりは再び、県教委の教学指導課に電話をしている。

「裕太君本人の話も聞かせていただき、今後のことを一緒に考えましょう」

懸命に説得しようとする職員を、彼女ははねつけた。

「子供には一切いろいろ聞くな。勝手に話はさせない」

だが、校長の謝罪文があれば話し合うと言う。そこで教学指導課では、さおりの希望の日時を聞いたうえで、翌日、上田教育事務所で太田校長と面談することを決めた。県教委は立会人として、上田教育事務所の佐久間を提案し、さおりも承諾した。

明くる7日の午後1時過ぎ、上田合同庁舎内の上田教育事務所で、さおりと、太田校長、田中教頭、立花担任との話し合いが行われた。さおりは足を組み、斜に構えた姿勢で椅子《いす》に座り、なにごとか手帳に書きつけている。

まず学校側がさおりに対し、心労をかけたこと、担任の出欠誤認について謝罪し、話し合いの場の設定が遅くなったことも詫びた。そして校長が、持参した謝罪文をさおりに手渡した。

〈高山さおり様
今回の裕太君の家出について事態を深刻に受け止め、今後安心して学校生活を送れるよう、改善すべきところは改善していきます。又、担任が出欠に関し事実誤認が有ったことに関しましては校長として指導します。

平成17年9月7日 長野県丸子実業高等学校長 太田真雄〉

しかしさおりは、文面に目を通すなり、それを突き返した。

「この内容では不十分です。これでは話し合いには応じられません」

そして、立花担任が自分の非を認めていること、校長・教頭の謝罪、県教委の教学指導課が子供を捜すことを最優先にせよと指導をしているにもかかわらず実行しなかったこと、捜索について保護者からの要望を断ったことなどを新たに謝罪文に加えて、午後6時までにメールで送ってほしいと要求した。

それだけではない。

「担任を代えていただきたい、子供もそう願っている。でも、子供には直接聞いてもらいたくない。私の許可を必ず取ってください。子供は信頼していた先生に裏切られ恐怖の心でいます」

立花は、この言葉にも衝撃を受けた。

製図の課題を期日までに提出しないと、2学期の評価が1になるというのは事実である。立花は、裕太君のクラスでの順位ががくんと下がってしまうことが残念だった。

「お母さん悲しむね」と言ったのも、7月25日の三者懇談でさおりが裕太君の成績を喜んでいたことを思い出し、本人のやる気を喚起できればと思ったからだ。こうした注意さえしてはならないというのなら、担任として、生徒を教育し指導する職務と責任を放棄するに等しい。

話し合いの場に立ち会った佐久間も、立花の発言は教師として当然で、問題になるようなことではないと捉《とら》えていた。

さらに彼女は、こうも口にした。

「この間の会社の欠勤の補償はどうしてくれるんですか。公務員は保障されているけど、被害者は保障されてないじゃないですか」

「弁護士をつけてもいいんですか」

数時間続いた話し合いは、物別れに終わった。

校長らは学校に戻り、県教委と協議したが、さおりの主張するような文面を書くことはどう考えても無理である。夕方、校長はさおりに電話をした。

「約束のメールは難しいので、一晩考えさせてほしいんですが」

「もういいです」

電話は一方的に切られてしまった。

第二章　不登校

肝心の裕太君は家出から戻った後、いったいどうしていたのか。
東京から母親に伴われて帰宅した2005年9月5日の午後9時頃、バレー部員で同級生でもある大林勝久君（仮名）に、メールを送っている。
裕太「迷惑かけてごめんな」
大林「家がいやだったら泊まりに来ていいよ！」
裕太「なぜ？」
大林「家にいたくないんでしょ」
裕太君は、学校でもバレー部でも特別変わった様子はなかった。その彼が家出するほど何かに悩んでいたとすれば、家に問題があるからじゃないか。大林君はそう考えたのだ。これはあながち、根拠のないことではなかった。

裕太君が入部間もない頃、さおりが朝、裕太君と一緒に学校へやって来て、バレー部の2年生のマネージャー・井口正則君（仮名）に、居丈高に抗議したことがある。

「朝の練習時間が早すぎて毎日通うのは無理！」

マネージャーは監督やコーチなどとの連絡係を務めはするが、あくまで部員のひとりであってそれ以上の権限はない。筋違いの抗議を受けて井口君は戸惑っていた。裕太君自身、こんなクレームをつける自分の母親をいやがっているように見えた。

大林君はこの時のことを思い出し、母親との間でなにかあったのではないかと感じ取って、「家がいやだったら――」と返信したのだ。大林君だけでなく、バレー部員たちのほとんどが、裕太君と母親の仲があまりよくないことにうすうす気づいていた。

さらに翌6日、同じく1年生部員の石橋一成君（仮名）との間でこんなメールのやり取りがあった。

「悩みごとがあったら大林の家で相談に乗るから来な！」

「ありがとう」

「一緒にバレーしような」

「うん」

夕方、裕太君は石橋君と一緒に大林君の家へ泊まりに行った。ところが、母親のさおりまでついてきて泊まってしまった。

そこで3人だけになった時、石橋君が聞いた。

「なんで家出したの。本当に実先生（立花担任）のせいなの？」

すると裕太君はこう答えた。

「本当は実先生のせいじゃないんだけど、親が実先生のせいにしてる」

夜になると、さおりと裕太君、大林君、石橋君は、上田市の中学校で行われていたママさんバレーの練習に参加した。

裕太君はプレーしながら、

「久しぶりにバレーができてうれしい」

と上機嫌だった。

さおりが近くにいないのを確認して、石橋君が再び裕太君に家出の原因を尋ねた。

「山崎さんに物まねをされたから。実先生には一切関係ない」

裕太君から「山崎さん」という名前が出たことに、二人は驚いた。バレー部の副キャプテンでレギュラーの2年生・山崎翔平君（仮名）のことである。

大林君と石橋君は、もう少し突っ込んで裕太君の本音を聞いてみたいと思った。そこで、翌日になってから、学校を休んで3人でプールに行ってもいいかと上野監督に相談した。上野としても、裕太君がいったい何に悩み家出をしたのか、その理由がさっぱりわからなかったので、学校から許可を得て二人を公欠扱いにした。

3人はプールに行き、思いきり泳いだ。リラックスした雰囲気の中で口火を切ったのは石橋君である。

石橋「なんで東京に行ったの？」
裕太「東京に行けば見つからないと思った」
石橋「今一番悩んでいることはなに？」
裕太「実先生は悪くないのに、お母さんが一方的に実先生のせいにして困る」
石橋「東京でどんなふうに生活してたの？」
裕太「カプセルホテルに泊まって、持ち金は5万円くらいで、ファミレスで過ごしてた。1週間ぐらいで帰るつもりでいたんだけど」
石橋「バレーや学校はどうするの？」
裕太「バレーもしたいし、学校も行きたい。どっちも行きたいけど親にダメだって言われてるから行けないんだ」
大林「じゃあ、親に言わないで来れば？」
裕太「親には逆らえないから家でおとなしくしてる」

石橋「こんなことされて親にむかつかないの？」

裕太「むかつくけど、今は我慢してる」

裕太は仕方なしに親に調子を合わせているな。大林君と石橋君はそう思った。本心は学校に行きたいし、バレーもやりたいのだけど、いやいや親に従っているだけだ。

二人はその日の夜、上野監督に裕太君との話の内容を電話で報告した。

話を聞いた上野は、裕太君が母親から過度の干渉を受け、自由に行動もできない状態に置かれていることを心配した。しかしそれ以上に驚いた言葉がある。

「山崎さんの物まねがいやだった」

上野の脳裏に、さおりの言葉がよみがえった。

（あっ、このことか）

「今回のこととは関係ないが、バレー部のことをつかんでいる。外には出さないけど」

これは部員たちから事情を聴いた方がいい。上野はすぐ動いた。

翌8日の夕方、黒岩部長、菊池和樹コーチ（仮名）同席のもと、まず2年生部員を集めてミーティングを行ったのである。

「後輩に対して、物まねやからかいといった行為がなかったか。もしいじめがあったなら、だれが何の目的でやったのか、理由を言いなさい。どんな些細《ささい》なことでもいいので、何か気になっていることがあれば言いなさい。それ以外のことでも、部内で何か問題になりそうなことがあれば教えてほしい」

部員たちがきょとんとしていたので、答えやすいように、紙に書いて提出するよう指示した。その際、

「どんな細かいことでも全部書きなさい。とにかく本当のことを全部書きなさい」

と何度も念を押した。

部員たちは事情が飲み込めないまま、一生懸命に記憶を呼び起こし、ほんの些細なことであっても申告してきた。その中に気がかりなものがあった。2年生の黒井正太君(仮名)が、「山崎が裕太の物まねをしたことがある」「2年生が1年生の部員の頭をハンガーで叩《たた》いたことがある」と申告したのである。

上野はすぐさま山崎君を呼び、尋ねた。

「おまえ、裕太の物まねをしたのか」

「はい」

上野は以前、山崎君が他の教諭の声色をまねて周囲を笑わせていたのを見たことがあった。そこで、声の出にくい裕太君のしゃがれ声をまねしたのだと思ったのである。

2年生部員からの聞き取りの後、上野は1年生部員を集め、同じように思い当たることを紙に書かせた。しかし、裕太君についての申告は一つもなかった。

結局この調査では、裕太君に対するいじめは全く確認できなかった。だが、物まねやハンガーで叩いた行為は決してよいこととはいえない。

ハンガーについては、夏休みに入る1週間ほど前、バレー部の部室で、山崎君たち2年生5人が、1年生全員に対し、ボール拾いやボールの受け渡しがすばやく行われていないと注意したことがあった。その際、山崎君が1年生全員の頭をハンガーで1回ずつ叩いたのである。ハンガーはクリーニング店で仕上がり時についてくるプラスチック製のものであり、血が出た、怪我《けが》をしたという訴えはなかった。

それでも教師たちは部内での指導が必要だと判断し、黒岩が、1年、2年の部員全員の前でこう諭した。

「場を盛り上げるような物まねであっても、やられている本人の気持ちを考えて行動しなければ、中には傷つく生徒もいる。また、(2年生が)ハンガーで(1年生を)叩いたようだが、上級生が下級生を指導する方法としてはよくないやり方だ。まずは顧問に話をしなさい。ハンガーであろうが暴力行為は一切いけない。本当のチームワークは暴力からは生まれないぞ」

部員たちは神妙な面持ちで黒岩の言葉を聞いていた。

同じ日の夜、さおりは、県教委こども支援課の課長・前島章良、「こどもの権利支援ユニット」リーダーの丸山雅清と面談していた。

こども支援課とはその名の通り、子供の権利、子育て支援、少子化対策、幼児教育などの施策を行う部署である。支援課の中に設けられた「こどもの権利支援ユニット」は、いじめや体罰など学校で起こった問題で苦しんでいる子供や保護者の相談に乗ることを仕事にしている。

1997年に中学生の長男をいじめによる自殺で亡《な》くした前島は、その後、「いじめ・校内暴力で子どもを亡くした親の会」を設立し、いじめや暴力で苦しむ生徒や保護者を支えるため、全国を飛び回っていた。

その前島を、当時の田中康夫知事が、直々にこども支援課の「こどもの権利保護推進幹」（2005年度からこども支援課長）に任命したのは04年のことである。

学校でのいじめや暴力の相談が入ると、前島はその日にでも当事者に会い、まずじっくり話を聞くことを心がけている。目指したのは、保護者だけでなく学校の立場にも配慮し、双方が納得できる解決である。きめ細かな対応は、保護者からも学校からも感謝されることが多かった。

この前島と丸山のもとに、教学指導課から丸子実業の一件が持ち込まれたのだ。

二人は保護者の高山さおりに直接会って話を聞くことにした。

一般的に青少年が家出という行動をとる場合、家庭に原因があるケースが多い。学校になんらかの原因があれば、家出ではなく不登校になるのが普通だ。

ただ前島は、保護者がここまで怒っているのは、学校が保護者に対して、なにか母親としてのプライドを傷つけるようなことをしてしまったせいではないかと考えていた。そこで、さおりに会う前に二人は、丸子実業に出向いた。

二人は校長室で、太田校長、田中教頭、尾野生徒指導主事の説明に耳を傾けた。

家出の原因については、さおり自身が、「お盆の頃、裕太が私に、バレーが苦しいと言った。私は裕太にバレーをやめるなら、学校もやめて、死んで。家を出る時は携帯を置いていけと話した」と言っていた。また、彼女に対して特にプライドを傷つけるようなことをした覚えはないということだった。

その日の夜8時、前島と丸山は、小諸市を挟んで御代田町の西にある東御《とうみ》市内の飲食店で、会社帰りのさおりと落ち合った。制服姿のさおりは、東御市内の設計会社で機械設計の仕事をしていると言い、裕太君の捜索のため会社を1週間休んだので仕事がたまっており、ついさっきまで残業をしていたと話した。

裕太の家出の原因は立花担任にあるから、担任を交代させてほしい、1年9組はいじめなど問題行動をとる生徒が多く、そうした生徒に対する立花の指導にも問題がある――彼女の口から、立花への非難があふれ出た。

「私たちこども支援課に担任を交代させる権限はないし、できません」

前島がそう話すとさおりは、いきなり席を立とうとした。

「信じてもらえなければもういいです。裁判に訴えますから」

苛立《いらだ》つさおりを、二人はまずなだめなければならなかった。

彼女は、5月の1回目の家出については、金銭上のトラブルで叱《しか》ったことが原因だと認めていたが、2回目の家出を巡る学校側の捜索への不満と抗議は激しかった。

担任とは9月2日の御代田町一斉捜索の時から連絡が取れなくなった。3日にさおりが東京に捜しに行き、4日に戻った時、佐久平駅にバレー部部長の黒岩たちが出迎えに来たが、彼らは笑って、「(裕太君は)東京に遊びにでも行ったんでしょう」と言った――。

「裕太は死にたいと思って家出したんです」

彼女は何度もそう強調し、そのことを校長が認めて、謝罪文を書き直すよう要求した。

しかし、家出中の裕太君の様子を聞くと、現金を2万円ほど持っていてカプセルホテルに泊まり、ファミレスで食事をしていたと話す。その行動に、死にたいと思い詰めるほどの深刻さが感じられず、二人は首をひねった。

「担任を交代させたり、高山さんが主張するような謝罪文を学校に書かせるには、まず、裕太君本人に会わせてもらう必要があります」

前島がそう話すと、さおりは帰りがけに裕太君に電話を入れた。

「裕太は今は話をしたくないが、手紙は書けると言っている」

「それなら（手紙は）後で送ってもらえればいいですから」

前島はそう返事をした。

冷たく支配的な母親——それが丸山の抱いた印象だった。丸山は仕事柄、教師の対応が不適切なために子供が不登校になるなどして、学校に抗議をする母親をこれまでたくさん見てきた。彼女たちは、学校に怒りを表す一方で、自分を責めるなど、どこか母親らしい心の揺れや人間らしい涙がある。ところがさおりは、喜怒哀楽で言えば「怒」しかない。

前島も同様の印象を持ったらしい。

「(高山さんは)自分の非を認めず全部学校のせいにしている。これは学校教育の範囲を超えている」

そう、丸山に漏らした。学校や県教委だけでは解決できないと感じていたのだ。

彼らが感じとった前途多難を象徴するような大騒ぎが、早くも翌日に起こった。

発端は、9日朝8時半頃、さおりが立花にかけた電話である。彼女は興奮した声でこう言った。

「子供がノイローゼになりそうだ。自殺するかもしれない。一分一秒を争う状況だ。責任を取れ！」

裕太君の自殺をほのめかす言葉に教職員たちは色を失い、すぐさま警察署、児童相談所、民生委員などに連絡して、万一の場合の協力を要請した。

正午頃、裕太君の安否を確認するため、バレー部員で同級生でもある男子生徒が校長室に呼ばれ、裕太君に電話をした。

「今、何してるの？」

男子生徒が話しかけると、わりあい元気な声が返ってきた。

「今、家の仕事で洗濯物を干してる」

「なんで裕太が干してるの？」

「お母さんが仕事に行く時に、洗濯物と洗い物しといてって言われたから今してる」

「午後はなにするの？」

「勉強する」

「そっか、頑張れよ、バイバイ」

「バイバイ」

およそ、ノイローゼで自殺寸前の人間の会話とも思われない。裕太君の無事を確認して、教師たちはほっと胸を撫《な》でおろした。

それから、県教委こども支援課の前島と丸山は、教師たちや、裕太君親子を自宅に泊めて裕太君の本音を聞き出したバレー部員の大林君と彼の母親からも話を聞き、家出の原因はどうやら家庭にありそうだと見当をつけた。だが、担任の発言や出欠誤認についてはさおりに謝罪すべきだと校長に助言した。

そこで校長は、教学指導課と相談して文面を練り、午後7時、田中教頭、尾野生徒指導主事、立花担任とともに、新たな謝罪文を携えてさおり宅に向かった。

文面は次の通りである。

〈高山さおり様

この度のお子様の家出に関して担任の指導方法等に高山様ご指摘のような不適切な点がありましたこと、又、お子様の捜索についての生徒への協力依頼に措《お》いて思いやりが欠けていた面がありましたことをお詫《わ》び致します。

今回のことを教訓にして、全職員が生徒の心に寄り添った指導を心がけ今後安心して学校生活を送れるよう努めて参ります。

丸子実業高等学校長　太田真雄〉

2日前に上田の教育事務所でさおりに手渡そうとして拒絶された文章より、かなり譲歩した内容である。

この夜出向くことは、上田教育事務所の佐久間がさおりに電話をしてあらかじめ伝えてあったが、午後8時半頃、さおり宅付近で校長が彼女の携帯にかけるとつながらない。何度電話しても同じだ。そこへ、こども支援課の丸山から電話がかかってきた。

「高山さんが自殺予告をしてきた！　すぐ佐久警察署に通報するように！」

実は、校長がさおりに電話を入れた直後、こども支援課に彼女から、自らの自殺を予告する電話があったのである。

「私の許可を得ず、教育委員会が自宅に来て私たちを追い詰めている。なんでそんなことするんですか！　この人殺し、死んでやる！」

　半狂乱のさおりに、

「死ぬようなことじゃないでしょ。落ち着いて。子供は巻き込まないでください」

　丸山は懸命に呼びかけたが、電話はそのまま切れてしまった。すぐに、自宅の電話や携帯にかけ直したが出ない。裕太君の身が心配になった彼は、さおりの自宅付近にいるはずの校長に電話を入れたのである。

　一同はあわてて佐久警察署に連絡するとともに、玄関先へ駆けつけた。そして警察の指示に従い、

「裕太君、裕太君、大丈夫か！」

　ドアを叩きながら何度も呼びかけるうちに警察官が到着し、民生委員や裕太君の祖母もやって来る。しかし、中に人の気配はするのにだれも出てこない。1階の灯りはついたままだったが、2階の灯りはやがて消えた。

　1時間ほど経《た》った頃、校長らと一緒に呼びかけを続けていた警察官の無線に、佐久警察署から連絡があった。

「高山さんより、今ドアを叩いて家の中に侵入しようとしている者がいると通報が入った」

「ええっ？」

一同は耳を疑った。一体この親は何を考えているんだ――。結局、警察官と相談し呼びかけを中止して、立ち去るしかなかった。

校長はこの時、裕太君の祖母、つまりさおりの母親の不可解な行動を目撃している。彼女は隣家との塀の下に隠れるように座り込み、娘に気づかれるのを恐れるかのように、さおり宅をそっとのぞき込んでいたのだ。

「申し訳ありません。（さおりは）いつも、死ぬ死ぬと言うだけで死にはしません」

祖母はこう校長に話しかけた。


その後も裕太君が登校することはなく、教師たちは途方に暮れた。

さおりは、県教委の高校教育課や教学指導課に何度もメールや電話を入れて、「学校が子供を死にたいと思うまで追いつめた」という文言を謝罪文に入れるよう強硬に主張した。

しかし、要求がなかなか受け入れられないことに業《ごう》を煮やしたのだろう。さおりは11日以降、県や県教委の各課12か所など、およそ考えられる限りの公共の相談窓口、連絡先に、学校を非難し謝罪を求める電話やメール、ファックスを大量に送りつけ始める。

たとえば、県民からの苦情や要望を受けつける県のメールアドレスに送信された内容はこんな具合だ。日付は9月12日、宛先《あてさき》は田中康夫知事である。

〈どうか田中知事聞いてください。

丸子実業高校の教師はは《ママ》〝高等学校学習指導要領〟に反していると思います。

教師からも生きる気持ちを失うような指導を受け死にたいと思った子供に2週間以上も学校は対処もしません。

今も私たちも子供も苦しんでます。

今まで命があり見つかりましたが、私たちの学校に対する不信感等傷ついた心は消えません。

今後生きてゆくうえで大きな障害を残しました。

そして今も同じ苦しみを受けています。

しかし公務員であれば何の処罰も無いのですか？

そして学生は眉毛《まゆげ》ひとつ服装が悪いだけで自宅謹慎になります。

しかし法を犯してもいまだに処分が無い教師、また行政はそのものに何も処罰しないのですか？

私たち被害者だけ苦しんでいます〉

文章の最後に、高等学校学習指導要領の「第1章総則・第1款《かん》教育課程編成の一般方針」が添付されていた。

さおりが、深夜・早朝を問わず、あちこちの窓口に断続的に抗議を繰り返したため、丸山たちは対応に忙殺される羽目になった。「一番偉い奴《やつ》を出せ」「弁護士をつけるぞ」――。教学指導課に電話して脅しまがいのことも言っている。

電話やメール、ファックス攻勢は、県や県教委だけを狙《ねら》ったものではなかった。同時期、裕太君の同級生やバレー部員の自宅にも、激しい学校批判を書き連ねた長文のファックスが送りつけられるようになったのである。

その文面には、裕太君の家出の経緯と、学校の捜索への批判とともに、「クラブでのいじめがあったことも判明した」と記されている。

バレー部内で調査が行われた9月8日以降、さおりはにわかに、裕太君が、山崎翔平君から「声まね」されていじめられたと主張し始めるのである。「家出をした理由」と題された裕太君直筆のメモが太田校長にファックスで送信されたのは、調査から2日後だ。

〈ぼくはバレーボールクラブの先輩から声が出ない事を気にしていたのにもかかわら

ず何回もぼくの声のかすれているのをまねてからかわれていました。それでも最初のうちは無視していましたが何回もされているうちにとても、心が傷ついていきました（後略）〉

裕太君は多数のメモを遺《のこ》しているが、「声まね」について具体的に書いたのはこれが最初である。書いた日付も9月10日となっている。

さおりからの絶え間ない攻撃に晒《さら》されながら、校長は連日、県教委と対応を協議したが、さおりが家庭訪問に応じず、裕太君本人の意思も確認できない現状で、要求通りの謝罪文は書けないという結論に達した。

9月13日夜、校長がさおりに電話をしてそう伝えると、

「県教委と返事が違う！」

そう言って、さおりは電話を叩き切ってしまった。

ところがその数分後、さおりの方から校長に電話を入れ、

「お前は馬鹿《ばか》だ、人殺しだ！　立花は認めたのに！」

そう3回怒鳴った。

「裕太君とお会いしたい」

校長は何度も呼びかけたが、一方的に電話は切れた。

　翌日、県教委教育振興課に送られてきた彼女のメールには、より過激な言葉が連ねられている。


〈丸子実業の実態です。

学校はこれだけのひどいことをし反省も謝罪も無くまだ子供を殺そうとしています。

これが許されるのですか？

長野県は子供の人権損害《ママ》を平気で認めますか？

私の子供は何も悪い事していないのに教師にひどいこと言われ２週間以上学校に行けなくされ自殺まで考え今も苦しみ、加害者の教師は平気で学校に行く。。。。。それが許されますか？〉

　学校内でも騒ぎが大きくなっていた。さおりからの〝怪文書〟を受け取った保護者たちから学校に問い合わせが相次いだのである。そこで学校は16日夜、緊急に保護者会（1年9組、バレー部合同）を開いて説明を余儀なくされた。さおりにも前日に知らせたが出席しなかった。


　校長がこれまでの経緯を説明すると、保護者の間には動揺が広がり、

「学校はやられっぱなしじゃないか。誰が見ても異常だ」

「高山さんの行動は常軌を逸している」

「学校が受けていることは恐喝じみている」

「児童相談所へ相談した方がいい」

「担任は辞めなくていい」

といった声が飛んだ。


保護者会が開かれる前日、さおりは、佐久市にある精神科の個人クリニックに裕太君を受診させ、その診断書をファックスで県教委こども支援課に送っている。そこには、傷病名〈うつ病〉とあり、〈学校生活のストレスから家出等の行動があり発声困難、不安、めまい、腹部不快、顔面痛等の身体症状と共に希死念慮も出現している〉と書かれていた。

こども支援課の丸山は首をひねった。学校生活のストレスが原因で家出をし「発声困難」になったとあるが、さおりは、裕太君の声が出なくなったのは中学の頃からと言っていた。さおりがしゃべったことをもとに、医師が診断書を書いたのではないか。


この日、丸山は、さおりがかけてきた電話で裕太君と初めて話をしている。

「学校の友達もみな裕太君のこと心配しているよ。ねえ、学校には行きたいんだよね」

「はい」

「部活もやりたいんだよね」

「はい」

　確かに声はかすれていたが、会話には支障がなかった。

「どうして学校に行けないのかな」

「5月頃、部活でからかわれたことがあって……」

「今はそれはないんじゃないの」

「はい……」

「じゃあ、どうしてかな」

「担任に言われたことがいやです。（担任には）会いたくないです。担任を代えてほしいです」

　最後の言葉に丸山は大きな違和感を覚えた。高校生ともなると、担任と接する時間は多くない。丸山は今まで何人も、学校とトラブルになった生徒からの相談を受けてきたが、「担任を代えてほしい」と言ったのは、高校生では裕太君ただひとりだ。

　どことなく投げやりで、いやいやしゃべっているような口ぶりも気がかりだった。裕太君の横ではきっと、さおりが聞き耳を立てているはずだ。むしろ、大林君たちに話したことの方が本心だろう。丸山は続けた。

「死にたいと言っているようだけど大丈夫？　そんなこと考えてないよね」

「大丈夫、考えていない」

裕太君ははっきりそう答え、そして訴えた。

「学校に行きたいんです。部活もやりたい」

丸山には、裕太君がうつ病に罹患《りかん》しているとは到底考えられなかったのである。

９月も半ばを過ぎると、さおりのターゲットは立花担任からバレー部へと明確に変わる。バレー部員、保護者、顧問らに的を絞り、電話やメール、ファックスを使って誹謗《ひぼう》中傷といやがらせとしか思えないような行為を繰り返すようになったのだ。

いじめの首謀者とされた山崎君の自宅には、連日のようにさおりから電話がかかってくるようになった。

「よくバレー続けてられるね。あなたの子供がいじめたから、うちの子は好きなバレーもできず、学校も行かれない。自殺も考えている」

「監督とぐるになって隠すんですね」

「あなたたちのことを訴えますからね。裁判であなたが負けるから。あなたの子供一人のためにに学校も運営していかれなくなる。あ〜あ、みながかわいそう」

ヒステリーじみた甲高い声で怒鳴り、「人殺し！」と何度も叫ぶ。こんな人間が世の中にいるのか。山崎君の母親は、受話器を取るたびに脅《おび》えてぼろぼろと泣いてしまった。言い返すとその百倍ぐらい返ってくるので、堪えるしかなかった。

そこで、なるべく電話機のコードを抜いておいたが、山崎家は自営業のため、ずっとそのままにしておくわけにもいかない。再びコードを差し込むとたんに電話が鳴った。さおりだ。山崎君の母親は心労のあまり、多発性円形脱毛症になってしまった。

山崎君は自身も気が滅《め》入《い》っていたが、母親が泣いているのを見て「おれのせいだ」とショックを受ける。

「ほんとうにいじめなんかやってない。でも、おれがいじめたことになってしまってる」

山崎君は母親にそう言っていたが、そのうち、

「おれひとりが退部して今まで通りみんなが部活できるなら、バレー部のせいにならないならおれ、バレー部やめようかな」

そんな弱音を吐くようになっていた。

9月21日には、裕太君が書いたと思われる「クラブに対する気持」「山崎先輩へ」

と題した2通のメモが、山崎君の家にファックスで送られてきた。
〈なんで先輩はへいきにバレーしてられるんですか、ぼくはからかわれているとき本当につらかったです。こんな時間でもぼくはねつけません〉
その翌日、さおりからかかってきた電話はとりわけひどいものだった。
受話器をとったのは山崎君の父親である。
さおり「まねした方が平然と学校へ行ってバレーをしていられるのか。足がびっことか声が出なかったまねされた人の気持ちがわかるのか、お前！」
山崎父「お前ってだれのことか？」
さおり「バカ息子の親だからお前だ！」
彼女は最初から怒鳴り続けている。
さおり「裕太は自殺を考えている」
山崎父「じゃ、うちの子が自殺したらどうするのか？」
父親は、自分の息子もいじめの疑いをかけられて苦しんでいることをわかってほしかったのだ。ところがさおりは間髪を入れずに怒鳴り返した。
さおり「自業自得だ！」
山崎父「息子（裕太君のこと）はどう考えているの？」

さおり「今代わるから待ってろ！　山崎の親父《おやじ》だ、しゃべれ！」

裕太君に命令する声が受話器から聞こえた。その後、電話を代わった裕太君が、脅えたような声でなにごとかしゃべったようだが、聞き取れなかった。

山崎父「人それぞれ考え方が違うから」

裕太君に言い聞かせるように話すと、その瞬間、
さおり「人それぞれ考え方が違うんじゃねえよ。バカ息子の親もバカだな！　一言一句覚えておくからな。学校中に言いふらしてやる！」

さおりが会話に割って入り、わめき散らした挙句、電話を切ってしまった。

同じ日、バレー部監督の上野は、急性の糖尿病、神経症による摂食障害で緊急入院した。明らかに、この騒ぎによるストレスが原因である。結局、退院まで1か月近くかかってしまう。その留守宅にも、さおりからの容赦のない電話がかかってきた。妻の京子が出ると、

「あなたのうちの先生、あんたのだんなのせいで、うちの子はもう口もきけない。おかしくなっちゃったんだよ。どうしてくれんの！　早く元通りにしてよ」「山崎をかばって、うそ言って。人殺し！」

当時14歳だった上野の長男が電話に出た時も、聞くに堪えない言葉を吐いた。

「あなたのお父さんのせいで私の息子は自殺しようとしている。もし死んだら、あなたのお父さんのせいだ。人殺し！」

「あなたのお父さんは最低の人間だ」

「お前ら最低家族だな」

このため、長男は不安で夜も眠れなくなり、京子は抑うつ神経症、不安神経症を発症してしまう。

バレー部マネージャーの井口君のもとにもいやがらせのメールが相次いだが、とりわけショックを受けたのは、次のような殴り書きのファックスが送られてきた時である。

〈学校やバレー部でよってたかって私たち家族をいじめたからゆうたは学校に行けなくなりました　高山〉

〈病気のゆうたをよってたかってみんなでいじめた!!　子供の気持何も考えない学校、バレー部全員の積任《ママ》だ!!〉

〈私の子供をもとどおりにしてかえして!!〉

〈立花は子供の一生を議性《ママ》にしてまで担任をするのか？　ゆうたの人生をあなたがこ

わした〉

〈私が会社にいけなくされて私の家族は全員生活もできない‼ 誰が積任《ママ》取る?〉

〈私も子供も病気なのに口先であやまっても全部うそのこう動だ‼ 丸子はくさっている〉

〈ゆうたの人生をかえせ‼ やまざき 立花 学校‼ バレー部〉

井口君は思わずさおりの精神状態を疑い、心底怯《おび》えてしまった。

これらに先立つ9月17日、さおりに有力な支援者が現れた。県議会議員の今井正子である。さおりはほぼすべての県議に片っ端から連絡して学校でのいじめを訴えていたが、教員の経験があるという今井だけがさおり宅に駆けつけたのだ。今井は以後、学校や県教委、バレー部との仲介役を買って出る。

同月26日、裕太君は、今井の付き添いでほぼ1か月ぶりに登校した。さおりが、ある条件を付けて登校を許したのである。

まず校長室で、太田校長、立花担任、今井県議、そして裕太君とで話し合いをしたが、想像していたより裕太君が元気そうだったので、校長も立花もひとまず安心した。

「学校として、もっと早く裕太君に対し、登校できるようにしてあげられなくて申し訳なかった。今日からまた、学校の仲間と楽しく充実した学校生活を送ってほしい」

校長が裕太君に語りかけると、裕太君もこう言った。

「今後はしっかりと現実から逃げず行動したいです」

その時、バレー部の菊池コーチと山崎君が校長室に入ってきた。

「物まねでも、裕太君の気持ちを傷つけてしまったことはまずいこと。しっかり謝ろう」

校長に促されて、山崎君は裕太君に謝罪する。

「裕太の気持ちを考えずまねをして悪かった。ごめんな。またいっしょにバレーやろうな」

「いいよ」

裕太君はこう応じ、再び校長から促されて二人は和解の握手を交わした。

ところが、これで一件落着というわけにはいかなかった。今井県議が、さおりから預かってきた謝罪文にサインするよう校長に迫ったのである。

〈高山さおり様

この度のお子様の家出に関して

教育者、また担任として不適切な行為により、子供の夢や希望を壊し、死にたいと思うまで追い込み、その後の学校側の対応も、お子様の捜索についても非協力的であり、また子供を心配する家族に対しても思いやりが欠けていたことと、この件の対処も迅速にされ無く、誠意を見せなかった事も合わせてお詫び致します。
今回のことを教訓にして、全職員が生徒の心に寄り添った指導を心がけ今後安心して学校生活を送れるよう努めて参ります。
平成17年9月26日
丸子実業高等学校長　太田真雄〉

校長は、文章に目を走らせるなり断った。

「この内容ではサインはできないと伝えてありますので、サインはできません」

「サインさえすれば高山さんの気持ちもおさまるので」

あくまでサインを迫る今井に、

「事実をしっかり確認し合ってからサインはしたい」

校長はそう言い、しばらく押し問答が続いた。今井は結局、この場ではあきらめる。

今井はさらに、山崎君の謝罪文も執拗《しつよう》に求めたが、校長たちが、学校として山崎君への指導は十分しているから渡せないと何度も説明すると、渋々納得した。

しかし彼女は、その後も再三学校に電話をかけてきては、校長、山崎君の謝罪と謝罪文を要求し続けたのである。

こうしたやりとりの間、立花担任と松本副担任は別室で、裕太君から話を聞いていた。

「夏休みの製図の課題が未提出だったのはなぜかな?」

「朝ご飯や昼食の弁当を作ったり、家事をやらされていて時間がなかったからです」

「どうして家出したのかな。理由はなに?」

「家に帰りたくなかった。前回の5月の家出は、お母さんからお金のことでかなり責められたからです。今回の家出は、お母さんが怖くて家に帰りたくなかった。遠いところへ行けば、お母さんに見つからないと思ったんです。東京ではカプセルホテルに泊まって、昼間は上野公園にいました。ファミレスでご飯を食べたり、コンビニでご飯を買ったりしてました。学校へ行って勉強したかった。立花先生はいやではなかったです」

立花は、裕太君の話を聞いていちいち納得がいった。

バレー部の黒岩部長たちがさおりから聞かされた、「バレーが苦しい」という裕太君の言葉。あれだけバレーに打ちこんでいた当人の言葉とも思われないが、つまりは、早起きして自分で朝食や弁当を作り家事までこなし、遠距離通学を続けるなかで、バレーの練習をやるのはしんどいという意味だったのだろう。

また、製図の課題をやる暇もないほど、母親から家事を言いつけられていたこともわかり、立花は、あらためて裕太君を不憫《ふびん》に思ったのである。

「高山じゃん、久しぶりだな」

「よお、高山、今までどうしてたん？　心配してたんだぜ」

約1か月ぶりに午後の授業に出席した裕太君を、同級生は温かく迎えた。授業が終わると、裕太君は立花担任に「明日も登校します」と告げて、今井県議に付き添われて帰って行った。

しかし、さおりの学校関係者への誹謗中傷はやまなかった。この26日の夜も黒岩に電話をしている。

「私に謝ることないの」

「何を？」

「私だってバレー部保護者会の会費を払っているのに、何も連絡がないのはなぜ」

「好き勝手なことをしているからですよ」

黒岩がこう言うと、さおりは絶叫する。

「私は絶対山崎を許さない！　やめさせてやる！」

黒岩は思わず言い返した。

「ふざけるな！」

裕太君をいじめたつもりは全くないのに、いじめと決めつけられた山崎君は、「もし自分の言動で裕太君を傷つけたのなら深く反省します」と落ち込んでいた。そうした姿を見ていた黒岩は、さおりの暴言が許せなかったのだ。

黒岩の叱声《しっせい》にさおりは腹を立てたようだ。翌27日の朝、今井県議が、「高山さんに頼まれたので」と黒岩に電話を入れている。

「昨日、『ふざけるな』と高山さんに言ったそうですが、この件について裕太君に謝ってもらいたい」

「裕太君によく説明します」

黒岩はそう答え、この日登校してきた裕太君と話し合った。

「お母さんが謝罪してほしいということだが、お母さんが、『私は絶対山崎を許さない！　やめさせてやる！』と言っていることを知っているか？」

「山崎や裕太のようにバレーを一生懸命やっている者にやめろというのは心外だ。裕太はどう思う。私が謝るべきだと思うか」

「いいえ、思いません」

「知らない」

裕太君ははっきりこう答えた。しかし午後になると、「具合が悪い」と訴えて早退する。裕太君は以後、再び不登校になってしまう。

28日には、さおりから学校へ、裕太君の2通目の診断書（27日付）がファックスで送られてきた。そこには、前回と同様、傷病名〈うつ病〉、〈希死念慮も出現している〉などの記載に加え、〈このため現在当院通院加療中である、今後も継続的な通院加療が必要であることを診断する〉と書かれていた。

一方、この日山崎君は、黒岩と尾野生徒指導主事から命じられて、物まねの反省文と、それを行った時の状況説明文をまとめた。そして尾野から、「自分では意識しなくても、言葉や態度によって他の生徒を傷つけることがある」と訓戒指導を受けたのである。

29日、学校と県教委の呼びかけで、御代田町教育委員会、佐久児童相談所、佐久地方事務所、佐久保健所、佐久警察署などの各担当者、民生・児童委員による関係者連絡会議が開かれ、裕太君の不登校とさおりへの対応について、情報交換と話し合いが行われた。太田校長は、さおりの理不尽な抗議によって正常な学校生活が危ぶまれる事態になり、関係者はみな精神的に参っていることを涙ながらに訴えた。

校長が再三、話し合いを呼びかけるとさおりは不承不承応じ、10月3日に会うことになったが、当日さおりは現われなかった。

この頃から、バレー部の1年生数人に、裕太君から携帯メールが届き始める。たとえば、10月8日の石橋一成君とのやりとりはこうである。

裕太「僕は悪いことなにもしてない。でも僕と話ししないようにしてる?」
石橋「そんなことないよ」
裕太「そっかあ。でも返事くれたのはお前だけ。上野先生もなんも電話くんない。なあ、いつか山崎先輩がハンガーで殴ったのどう思った?」
石橋「けっこう痛かったね」
裕太「俺たち何もしてなかったのに。けっこう痛かったよな!!」
石橋「なんか、変わったことあった?」
裕太「あぁ、親がバ《マ》レーの家《マ》にひどいこと言われたからみんなも俺を無視してるのかと思って」
石橋（答えず）
裕太「俺なんでいけないの？　悪いことしてない。山崎先輩がいじめしてたからとめて欲しかっただけだよ」
石橋（答えず）

最初は返事をしていたバレー部員たちも、様子がおかしいので次第に無視するようになる。裕太君になりすましたさおりが送信している可能性が高いことが、話の内容からわかったからだ。

県教委こども支援課の丸山は、バレー部の関係者たちに、さおりからの電話やメールに出る必要はないとアドバイスした。するとさおりは、「上野監督やバレー部員、保護者に電話やメールを送っても返事がない」「無視もいじめだ」などと騒ぎ始めるのだった。

さおりは、いじめや暴力の存在を一向に認めようとしない学校やバレー部を、あの手この手で屈服させようとしていた。丸子実業と合同チームを組んでバレーの大会に出場する高校の校長に、「丸子実業のバレー部は暴力集団だ」というメールを送っている。

この後、国体少年男子の部に参加するため開催地の岡山入りしていた上野とバレー部員の宿舎に突然、「バレー部での暴力事件の事実関係を知りたい」と、新聞記者が押しかけてくる事態になったこともある。さおりが通報したのだ。

10月8日午後5時頃、丸山の携帯に不審な電話があった。初めて聞く名前を名乗り、「部活で先輩からいじめられています」と言うので、「なんの部活？　どこの学校？」と聞いていくと、聞き覚えのある声である。

「裕太君じゃないの」

「……はい」

「裕太君のこと、みんなで心配しているよ」

話を続けようとすると、突然電話口にさおりが出た。

「前島さんも丸山さんも、私からの電話は取らないようにしているんですか」

「裕太君に偽名を使わせてどういうつもりですか」

「本人がバレー部にいじめがあったと言っているのに、丸山さんたちはなぜ信じないんですか。ここに証人が二人もいます」

すると、身内だという二人の男性が代わるがわる電話に出た。

「本人が、バレー部にいじめがあったと言っているのになぜ信じないのか？」

二人とも、名前も名乗らず横柄《おうへい》な口調である。

「裕太君の本心は違うと思います」

反駁《はんばく》する丸山に、

「なぜ信じないのか。警察に訴えるぞ！」

男たちは声を張り上げる。しばらく押し問答を繰り返した後、業を煮やした丸山は、

「そんなに言うなら訴えればいいじゃないですか」

思わずそう口にしてしまった。

すると2日後の10日に、さおりは裕太君を伴って丸子警察署生活安全課を訪れ、山崎君にハンガーで叩《たた》かれた件について被害届を提出したのである。さおりは、「丸山さんが訴えろと言ったからそうしたまでだ」とうそぶいた。

丸山は自分の発言を後悔したが、実は、さおりが被害届を出すことを決めたきっかけは別のところにあったらしい。なぜなら、丸子警察署に提出した被害届には、「10月8日朝に石橋君が裕太君に出したメールを証拠としている」とあるのだ。例の、裕太君になりすましてさおりが送ってきたと思われるメールのやりとりだ。

もちろん、最も大きな衝撃を受けたのは山崎君である。

（えっ、おれ、捕まるの？）

山崎君自身、先輩から注意されて頭や頰を叩かれたことがある。

（それなのになぜ自分の時だけこんな大騒ぎになるんだ）

理不尽としか思えないなりゆきに、山崎君は茫然《ぼうぜん》とした。

翌11日、この被害届を受けて、バレー部の黒岩部長、菊池コーチが2年生全員から再度、このハンガーの件についてより詳細な聞き取りを行った。それによれば、7月半ば頃、部室で山崎君を含めた2年生5名が、1年生を集めて練習態度について注意した。その際、山崎君が1年生全員を2列に正座させ、近くの机にあったプラスチックのハンガーの底辺部で、彼らの頭を真上から1回ずつ叩いたということで、先月8日に行った聞き取りとほぼ同じ内容だった。

黒岩は、この2年生5名に対し、暴力は許されないと厳重に注意した。さらに、山崎君の担任と尾野生徒指導主事が山崎君に対して、正座をさせたり頭を叩く行為は認められないと懇々と諭したうえで、反省文と決意文をまとめさせた。

この後、丸子警察署の事情聴取を受けた山崎君は、警察署の道場でハンガーで叩いた時の様子を再現させられ、高さと角度を写真に撮られるのである。まるで本物の犯罪者になったようで、いたたまれないほどの屈辱感が込み上げた。事情聴取を受け、調書に指紋押捺《おうなつ》させられた他の部員たちの精神的ショックも、やはり大きかった。

10月26日夜、さおりは裕太君とともに来校すると校長、立花担任に約束しながらそれを守らなかった。

11月に入り、太田校長は県教委と相談のうえ、今後は文書でさおりの説得を続けることにした。今までに2回も話し合いを反故《ほご》にされたためである。

4日、15日、28日と3回にわたり校長は手紙を送った。内容はいずれも、「一日も早い裕太君の復学を願っていますので話し合いをお願いいたします」という非常に丁寧かつ低姿勢なものである。いわゆる集団的で継続的ないじめ、暴力はなく、反省の指導も十分なされており、安全に楽しく学校生活が送れるよう、職員全員が裕太君の心に寄り添った指導を心がけていくこと、欠席が増えると2年生への進級が困難になるが、欠席時数については猶予《ゆうよ》できることを強調し、いつでもどこでも話し合うので、安心して話せる職員はだれか至急お知らせいただきたいと記している。

ところが、14日、学校に、裕太君の3通目の診断書（11月6日付）の写しが届く。今回の傷病名は〈神経衰弱状態〉。〈希死念慮も出現した〉〈現在も精神症状は動揺傾向であり、学業に服することが困難な状況である。よって当面の間、休学と加療継続を要すると診断する〉と記されていた。

さらにこの日、さおりが校長に謝罪を要求する手紙、家出や不登校は担任の立花や山崎君の声まねが原因だとする裕太君直筆の手紙も学校に届いている。

さおりはこの頃、県教委に対し、「被害者アドバイザー」をつけてほしいとさかんに要求している。「被害者アドバイザー」とは、長野県立飯田高校で起きた殺人事件の反省と教訓に立って設けられた県の被害者救済制度のひとつである。

1992年1月、飯田高校に通う17歳の生徒が、同じ高校の生徒に校内で刺殺された。被害者の両親は、事件後の学校の誠意のなさ、隠蔽《いんぺい》体質に不信感を抱き、事件の発生を防ぐ注意義務を高校が怠ったとして長野県を提訴した。長野県側は最高裁まで争ったが2001年、敗訴したのである。

これを受けて、二度と同様の事件が起こらないよう、03年、飯田高等学校生徒刺殺事件検証委員会によって提言がまとめられた。

提言には、児童生徒が、犯罪、いじめ、自殺、事故などによって死亡・重傷を負った場合、県教委は直ちに、「被害者アドバイザー」を被害児童生徒宅に派遣する。「被害者アドバイザー」は、学校長と対等の権限を持ち、被害生徒とその保護者に寄り添いその身になってこれを補佐する、などと定められている。

さおりはこの提言を盾に、裕太君の場合もこれに該当するとして、「被害者アドバイザー」の派遣を強硬に要求するようになったのである。

また提言には、次のようなくだりもある。

〈被害者への謝罪

学校長と教育委員会は、被害者に対して、まず、学校管理下で事件が発生したこと自体について深くお詫《わ》びするとともに、事件の発生並びにその後の学校側の対応につき、少しでも学校側に落ち度・責任があると認めるときは、その自らの落ち度・責任を具体的に説明した上で心より謝罪する〉

彼女は、この部分を事あるごとに振りかざしては、「裕太の場合も学校管理下で事件が発生しているのに、学校は認めない」「校長の謝罪文は、提言を順守していない」などと迫った。

県教委はしかし、「被害者アドバイザー」に該当する事案ではないと判断し、要求を聞き入れなかった。怒り狂ったさおりは、「子供が死なないと、アドバイザーは派遣できないのか」とまで言い募った。

11月20日、日曜日の昼過ぎ、バレー部監督の上野は、練習を終え帰宅しようと体育研究室を出たところで、さおりにばったり出くわした。彼女の胸のポケットからICレコーダーがのぞいている。不審に思った上野が、

「何を録音しているんですか」

と尋ねると、

「何をされるかわからないから録音してる。上野は携帯に出ない。着信拒否をしている。バレー部保護者も出ない」

そう言うなり、自分の携帯を取り出して上野の携帯に電話をかけ、

「鳴らない！」

と大声を出した。そして上野に詰め寄りこう言った。

「今、野球部の生徒に聞いたら、『野球部は暴力沙汰《ざた》があったら（大会に）出場できないのに、バレー部が出場するのはおかしい』と言っていた。バレー部が（いじめや暴力を）認めるなら、新聞社へは取り下げてもいい」

さおりは、野球部員たちに声をかけ、バレー部で暴力があったと言い、野球部で暴力事件があれば大会への出場は停止になるのかどうか、聞いて回って録音していたのである。

「県教委と校長はうそつきで信用できない。県は私たちのことをきちがいと言っている！」

さおりは、「車の中に裕太を待たせている」と言った。

「ぜひ会わせてほしい」

上野が頼むと、さおりは即座にはねつけた。

「あなたがたのことを恐れているのに、会わせられるわけがないでしょう！」

やがて、「監督が高山さんに怒鳴られている」という部員の通報で黒岩部長と菊池コーチも駆けつけてくる。

「裕太君が一日も早く登校できることが大切なので、早急に関係者で集まって話し合いを持ちましょう」

彼らはさおりに、口々にそう言った。

さおりがいったいなぜこんなことをしているのか、上野たちにはさっぱり理解できなかった。丸子警察署に被害届を出したことといい、我が子がますます学校に行きづらい状況を、母親自らが作っているとしか思えなかった。この日、車の中にいたという裕太君は、母親の言動をどんな気持ちで見つめていただろうか。

24日、県教委こども支援課の丸山は、尾野生徒指導主事、黒岩とともに佐久警察署に赴き、さおりを刑事告訴したいと申し出る。彼女の尋常ではない言動によって多くのバレー部員や保護者たちが傷つけられている現状を、もはや見過ごすわけにはいかなかったのだ。

応対した刑事課長はしかし、こうしたケースでは刑法犯として即逮捕は難しく、民事で訴えるか、いやがらせ電話についてはナンバーディスプレイ付きの電話にするなどの自己防衛策を講じるしかないと言う。ただ、さおりの言動は確かにひどすぎるので、生活安全課長の方から彼女に注意をすると約束した。刑事課長はなぜか、さおりのことをよく知っている様子だった。

29日、さおりは、県知事と県教委こども支援課に宛《あ》てて、いくつもメールを送っている。

〈長野県の教育委員会　丸子実業高校の教師はは《ママ》人殺しをするのですか〉

〈11月28日付けで進学が困難だという通知を見て〝死にたい〟と言っています〉

〈裕太は学校の酷《ひど》い手紙をみてショックで夕飯も食べない。一人の子供を大人がみんなでよってたかって何をしているのです〉

〈このような人間が教師や教育委員会にいるから自殺する子供が無くならない〉

しかし学校側は、裕太君が元気であることを友人からの情報でつかんでいた。

丸山たちは、さおりに対して今後、民事で提訴してゆくことを検討したが、話し合いを全くあきらめたわけではなかった。やはり裕太君のことが心配だったのだ。そこで、メールなどで粘り強く彼女に働きかけた結果、12月2日、さおりは澤田祐介副知事に、〈土曜日（12月3日）の午後5時に家に出向いていていただきたいと伝えてくださ い〉というメールを寄こした。

そこで急遽《きゅうきょ》、さおりの自宅で関係者による話し合いが実現したのである。

出席者は、田中教頭、立花担任、県教委高校教育課の両澤《もろさわ》文夫主任教育支援主事、上田教育事務所の佐久間茂、県議の今井正子、それにさおりと裕太君である。校長と上野はやむなく欠席した。校長は以前から決まっていた重要な公務をはずすわけにいかず、上野も新人戦県大会があるため都合をつけられなかったのだ。

午後5時から4時間半にわたる話し合いでは、「全校の生徒にいじめや暴力がなくなるようきちんと話してほしい」というさおりの要求を学校側が呑《の》む形になった。裕太君を再び学校に迎え入れることを最優先にしたためだ。なにより裕太君自身が元気な声で、「5日から登校します」と約束した。

裕太君は、9月下旬に登校した時よりむしろ明るい表情でふさいだ様子もなく、学校生活や部活動に意欲を示しているように見えた。報告を受けた校長は、ようやくこれで事態がよい方向に向かうのではないかと期待したのである。

第三章　悲報

２００５年12月6日の朝8時過ぎ、丸子実業高校の校長室では定例会が開かれていた。裕太君の不登校の問題と、さおりへの対応を検討するため、毎日のように会議が行われていたのである。出席者は、太田校長、バレー部の上野監督と黒岩部長、尾野生徒指導主事、それに立花担任の5名だ。

前日、裕太君はほぼ2か月ぶりに登校する予定だったが姿を見せず、心配した立花が裕太君に電話を入れると、

「心の準備ができていないので行けない」

「明日は来れそうか」

立花が聞くと、

「行きます」

という返事が返ってきた。

今日こそ裕太君に登校してほしい。元気な姿を見せてほしい。裕太君を迎え入れる準備と打ち合わせに追われながら、教師たちの唯一《ゆいいつ》の願いはただそのことだった。

そこへ一本の電話が入った。

「えっ！　いや、こちらには連絡は来ていません」

校長のただならぬ気配に、教師たちは思わず聞き耳を立てた。電話を切るやいなや、校長は教師たちに向き直った。

「今、毎日新聞の記者からの電話で、裕太君が自殺未遂をしたと言うんです」

「ええっ」

校長室の空気が一気に凍りついた。

「自殺してやる」「死んでやる」「裕太はきっと自殺している」「裕太は死にたいと言っている」――。さおりは今まで散々、こうした物騒な言葉を弄《ろう》しては学校関係者を振り回してきた。だが今度は第三者からの一報である。毎日新聞の記者は嵩《かさ》にかかった口調で、「やっぱりこうなってしまったじゃないか、学校はこの責任をどう取るのか」というようなことを言った。

なにかの間違いであってほしい。校長はそう思いながらさおりの携帯に電話をしたが、つながらない。「助かってほしい」「裕太頑張れ」。教師たちは切実にそう願った。しかし、その願いもむなしく佐久警察署から校長に電話が入った。裕太君の死亡を午前7時28分に確認したという。

裕太君死亡の経緯はこうだ。

さおり宅から119番通報が入ったのは、この日の朝6時40分である。

「子供が首を吊《つ》っている、早く来てほしい」

1分後に御代田消防署の救急車が出動し、6時46分に現場に到着した。救急隊員が子供部屋のある2階に急行すると、さおりがぐったりした裕太君を抱えて呆然《ぼうぜん》としている。さおりによると、裕太君は自転車盗難防止用のチェーンロックを子供部屋のハンガー掛けに掛けて首を吊っていたという。直ちに御代田中央記念病院に搬送されたが、7時5分の病院到着時すでに心肺停止状態で、医師による蘇生《そせい》措置の甲斐《かい》なく、7時28分に死亡が宣告された。

この時、佐久警察署の署員は、知らせを受けて病院に駆けつけたさおりの実兄が、「お前が殺したようなものだ」と言って、さおりの頬を叩《たた》いたのを目撃している。

もうひとつ重要な事実がある。さおりが救急車の出動を要請した時刻のほんの13分前の6時27分、彼女は県教委教学指導課や長野犯罪被害者支援センター、毎日新聞の記者など7か所に宛《あ》てて、長文のメールを送信した。メールの主旨は、「学校も教育委員会も謝罪せよ。学校の管理下で起きた事件だから、学校に責任がある」というものである。時間的に見て、送信直後に彼女は、裕太君の異変に気づいたのだろう。

午前9時頃、立花担任と黒岩部長は、裕太君が搬送された御代田中央記念病院に向かった。だが病院に着くと、遺体はすでに自宅に運ばれた後だった。

10時半頃、太田校長を加えた3人がさおり宅に到着する。家の中には早くも報道関係者が大勢詰めかけてごった返し、テレビカメラも数台入っていた。

遺体が安置されている部屋に3人で入り、まず校長が焼香をしていると、それまで取材に答えていたさおりが現われた。彼女は遺体の前にすわるなり、畳を叩きながら血相を変えて立花と黒岩を怒鳴りつけた。

「出ていけ！　おまえたちが裕太を殺した。立花、お前だけは許さない！」

やむなく外に出た立花と黒岩に、裕太君の祖母が話しかけてきた。

「ご迷惑をかけて申し訳ありません。裕太はバレーがしたくて丸子に行ったんです。学校へ行きたいと言っていたんですが、こんな結果になって残念です」

こわばった顔をしていたものの、祖母の反応はさおりのそれとはまったく違っていた。

部屋に残った校長は裕太君と対面した。

「守ってあげられなくてごめんね」

校長はそう声に出して詫《わ》びながら何度も手を合わせたが、その間も、さおりは校長に向かって半狂乱で叫び続けていた。

「人殺し！　おまえが殺したんだ！」

夕方になって、バレー部監督の上野は、田中教頭、菊池コーチ、松本副担任とともにさおり宅を弔問した。仮通夜《つや》に出席するためである。ところがさおりは、上野の顔を見るなり、

「死んでから来ても遅い。上野、裕太はおまえに会いたかったんだよ。お前らが殺したんだ。おまえも！　おまえも！」

と、一人ひとりを指さし、床を蹴《け》りつけながら何度も叫んだ。

「お焼香させていただきたい」

田中教頭が願い出たが、

「謝罪する気がないなら帰れ！」

興奮状態で怒鳴り続けるので、一同は辞去するほかなかった。

学校へ戻った太田校長は学校の会議室で記者会見を行った。同席したのは、県教委教学指導課と高校教育課の職員二人である。即席で作った会見場には、信濃《しなの》毎日新聞、共同通信、朝日新聞、毎日新聞の記者が顔を揃《そろ》えた。

校長は県教委の二人と前もって打ち合わせを行った。さおりは学校でのいじめや暴力によって裕太君が自殺したとテレビカメラの前で主張しているが、学校としては原因の一〇〇パーセントがそこにあるとは認識していない、そうはっきり話そうと確認した。

だが、いざ記者会見が始まると、記者の質問は声まねやハンガーの件に集中した。そのため、どうしてもその謝罪に時間を取られてしまい、学校が、さおりへの対応を数か月も前から行ってきたことを話す機会がなかなかなかった。

記者会見終了後の午後6時半頃、校長は再度、尾野生徒指導主事とともにさおり宅を訪ねた。裕太君の冥福《めいふく》を祈るための全校集会を開催したいとさおりに伝えるためである。玄関先に出て来たさおりは、

「そんなの当たり前でしょ」

と言って泣き叫んだ。

「謝らなければ裕太に焼香するな。責任は学校にある。お前らが殺した！」

翌7日、太田校長をはじめ教職員は、新聞各紙に掲載された記事を読み愕然《がくぜん》とした。学校側の言い分も載ってはいるものの、明らかにさおりの主張に比重が置かれている。これでは、何も知らない者が読めば、自殺の原因は学校でのいじめや暴力だと思い込んでしまう。

校長にはこの日も記者会見の予定が入っていた。そこで、県教委の職員たちと話し合い、裕太君の2回の家出の顚末《てんまつ》と母親の学校攻撃についても言及することを確認した。家出の真相を公表し、自殺の原因は家庭にあることを明らかにしようと決意したのである。

教え子を亡《な》くすことは、教師にとって耐えがたい悲しみである。裕太君が再び楽しく安全に学校生活を送れるよう、ここ数か月というもの、丸子実業の教師たちはそれを最優先に努力してきた。それなのに最悪の事態を避けることができず、教師一人ひとりが無力感に打ちひしがれていた。

だからといって、ありもしないいじめや暴力を認めるわけにはいかない。さおりの常軌を逸した言動によって生徒や保護者、そして教師たちがいかに翻弄され傷ついたか――。校長の胸に苦い思いが込み上げた。

校長は午前10時と午後4時の2回、ほぼ同じ内容の記者会見をこなした。4時からの記者会見に出席したのはフジテレビと長野朝日放送の2局だけである。この時、校長はさすがに疲れきっていた。

テレビの記者たちは、「学校も大変ですね。事実を知らせなければならないので協力をお願いします」と、学校に理解を示すような口ぶりである。校長はいろいろな資料を示して、「お母さんと3か月間これだけやり取りしてきたんです。大変だったんです」と、事前の打ち合わせ通り説明した。

そして、「はい、これで終わります」と記者会見の終了を告げられた後、雑談のつもりでこう付け加えたのだ。

「事実は認めています。それで、指導もしています。ただ、お母さんのいうような強烈ないじめとか暴力とかいうことじゃないんですよね。ただ、人の心を傷つけたのはいじめじゃないかって言われれば、それはいじめなんだろうけども、物まねというこ とがですね、いじめであれば、もう世の中じゅういろんな行為がですね、いじめにされてしまうんじゃないかなというような、ただそれには不満なんだよね」

校長はしかし、雑談とはいえ、この発言は説明不足で誤解を招きかねないとすぐに

気づき、

「私の言い方が悪かった。申し訳ありませんでした」

と言って、ただちに撤回した。さらに、

「その事実を私どもも認めて決して見逃すわけじゃなく、あってはならないことだとして指導もしました。話をさせて反省文も書かせて、そして本人に会った時にきちんと謝らせて指導をしました」

と説明したのだが――。

「お父さん、映ってるわよ！」。この日の夜、妻に言われてテレビ画面を太田が凝視したところ、番組は、撤回した雑談の部分を放送し、その後の発言をカットしてしまっていた。

（テレビ局はあらかじめ、学校批判の筋書きを作っていたのか）

そのうえ、自分では全く笑ったつもりはないのに、テレビに映し出された自分の顔がニヤッと緩んだように見えた。その瞬間、画面が別のニュースに切り替わった。あっ、これはまずいかもしれない。校長の脳裏を不安がよぎった。

その不安は的中した。

記者会見がテレビ放映された直後から、およそ３００件もの抗議電話が丸子実業に殺到したのである。ほとんどが「校長を出せ！」というようなヒステリックな電話だった。あの表情が視聴者の心証を悪くしてしまったに違いなかったが、これは実は、校長のなにげない癖である。

「太田先生って、時々なんでもない時でもああいう顔をしますよね」

同僚の教師からも、こう言われた。

学校に殺到した電話の中には、「自殺の原因は家庭にある」と言い切ったことに対して、「よく言った」という激励の電話もあった。さおりは、我が子を突然亡くしたその数時間後、「これで首を吊ったんです」と自転車のチェーンロックを示し、それまでの学校とのやり取りを整理した分厚いファイルを振りかざしながら取材に応じている。その映像に違和感を覚えた視聴者も、少なからずいたのである。

この7日の夜、本通夜に出向いた田中教頭、松本副担任は、さおりが再び強い調子で学校攻撃を始めたため、土下座での謝罪を強いられた。

「このたびはこのようなことになって申しわけありません。ご焼香させていただきたいのですが」

衆人環視の中で何度も頭を下げると、

「何に対しての謝罪なんですか」

さおりの甲高い声が飛ぶ。

「裕太君を守ってあげられなくて申しわけなく思います」

土下座を続けながら二人がこう詫びると、

「学校の対応はこうなんですよ！」

さおりは、事態を見守っている報道陣に向かって大声で訴えた。そして、居合わせた親戚《しんせき》の人間に、

「早く帰ってもらって、早く帰ってもらって」

と言ったが、彼らは無言のままである。そこでさおりは、自分で田中教頭の腕を小突いて叫んだ。

「帰ってください！」

教師たちは、またしても焼香できずにさおり宅を後にするしかなかったのである。

8日の告別式には職員8名、同級生33名、他のクラスの生徒1名、バレー部20名で出かけた。だが、焼香を許されたのは生徒たちだけだった。

新聞、テレビの報道の後、太田校長とともに非難の矢面に立たされたのがバレー部

である。正確に言えば、部員、教師、保護者たちだ。

裕太君と同じ1年生部員だった中山和久君（仮名）は、8月頃までの元気な裕太君しか覚えていない。その後不登校になり、付き合いが突然断たれてしまったからである。

最初、裕太君は声が出にくいということでみな気を使っていたが、意外にひょうきんな性格で、声のこともそれほど気にしているようには見えなかった。最初の家出の時は教師から、ちょっとした母親とのやり取りのなかで出て行ってしまったと説明を受けた。しかし、2回目の家出の時はさすがに「どうして」と思った。少なくとも学校生活で思い当たるところはなかったからだ。

裕太君が亡くなったことを知らされたのは6日の放課後である。みんなショックで言葉が出なかった。

その直後から、バレー部はマスコミの取材攻勢に晒《さら》された。学校にテレビカメラが入り、通学途中を隠し撮りされたこともあった。「あっ、テレビ来てる！」、そのたびに一目散に逃げるのだった。

いじめや暴力などないことは、自分たちが一番よく知っている。

「それなのに、なぜこんな目に遭うんだ」

そう感情をむき出しにする部員もいた。中山君の目に映る、いじめの張本人とされた山崎君は精神的にタフで、練習中はいつもとそれほど変わりがなかった。だが、練習後は、生来の明るさやひょうきんさが影をひそめ、意気消沈しているように見えた。山崎君の母親にとっても、裕太君の死は大きなショックだった。山崎君は学校から帰宅するなり、「死んじゃったんだって」とつらそうに話した。ただ、彼女のなかには割り切れない思いもあった。裕太君が真実を言わないまま亡くなったために、自分の息子が濡《ぬ》れ衣《ぎぬ》を着せられることになってしまったからだ。山崎君は、事情を知らない他の生徒から、「人殺し！」「お前が殺したんだ！」と、心ない言葉を投げつけられることもあった。

学校への抗議やいやがらせもなかなか収束しなかった。校長宛てに、注文していない化粧品が送りつけられてきて10万円の代金を請求されたり、校長室や事務室などで不審火が3件も起きたりした。いずれも幸いボヤですんだが、駆けつけた警察は一時、バレー部員を疑ったのである。この不審火については、他の高校の生徒が補導されたようだ。「いじめ自殺があった高校だから許せなかった」というのが動機らしい。体育館の壁に、「バレー部は人殺し」と落書きされたこともある。

上野監督の妻・京子の悔しさは一通りではない。

教員たちはみな、裕太君の不登校に頭を抱えていた。学校と県教委にとっては、再び登校してもらうことが最優先事項だった。そこで、高山さんを刺激することは控えよう、何か言えば裕太君に影響が及ぶから我慢しようということになり、バレー部の保護者も部員たちも、さおりの言動にひたすら耐えてきたのだ。

それなのに、裕太君が亡くなった途端、バレー部が加害者にされてしまった。

特に目をつけられたのは山崎君だ。彼はもともと、ひょうきんで朗らかな性格で後輩からも好かれていた。実は裕太君とも仲がよく、よくしゃべったりふざけ合ったりしていたのだ。裕太君が練習に遅れてきた時も山崎君がかばってやっていた。このため、おそらく裕太君はさおりから、学校で何かあっただろうと問い詰められた時、上級生の中で一番親しい山崎君の名前をとっさに出してしまったのではないか。バレー部の部員たちはみな、そう考えた。今回のターゲットは山崎君だったが、実際のところ、バレー部の誰が標的になってもおかしくない状況だったのだ。

京子は、遠距離通学の部員のための寮の寮母として、バレー部を支えてきた。彼女は、常時6、7人いる寮生のために、朝晩の食事はもちろん、それぞれの誕生日にはケーキを買いご馳走《ちそう》をふるまうなど、献身的に日常の世話をしてきたのである。

ところがさおりは、上野夫妻ばかりか未成年の長男までも標的にして、インターネット上に悪質な嘘《うそ》の書き込みをたれ流した。

それまで、丸子実業のバレー部に所属していることは生徒たちにとって誇りだった。ところがこの事件以降、たとえばアルバイト先で丸子実業のバレー部員だとわかると、「ああ、あのいじめ自殺した高校ね」と言われ、バイトをやめざるを得なくなったり、電車通学で丸子実業の制服を着ていると指をさされたり、こそこそ耳打ちされたりした。

強豪バレー部だから、内部でしごきや暴力があるだろうと思い込んでいるのかもしれない。確かに練習は厳しい。でも終わればみな和気あいあい、とても仲がよかった。京子にしてみれば、夫や自分、保護者に気づかれずにいじめるなど無理な話だった。保護者は頻繁に練習を見学し、試合のたびに付き添う。部員たちはいつも大人に見守られて部活をしているから、妙な雰囲気があればすぐ気づかれるし、部員たちの話題に上る。

実際、この目で練習風景を眺め、いじめなどないことを知っているバレー部の保護者の中には、学校が山崎君に謝罪をさせたことに対して、不満をぶつける者も少なくなかった。

教師たちにしても、山崎君と裕太君の仲がよいところを日常的に目にしていた。菊池コーチは、騒ぎが大きくなってから、山崎君にこんな言葉をかけている。

「山崎がしたことはここまで罵《ののし》られることではないし、山崎と裕太の関係は先生がしっかり理解しているから気にする必要ないからな」

学校側が山崎君に謝罪させ、さらに反省文まで書かせたのは、ひとえにさおりの剣幕があまりにすさまじいため、生徒指導を十分に行っていたという事実を示す必要があったからである。無理難題を言う保護者であっても、教育的配慮から一歩も二歩も譲歩せざるを得ない。それが、生徒や保護者との信頼関係を前提に、性善説で成り立っている学校という組織の宿命である。

しかしその〝配慮〟が大きな禍根を残すことになる。


バレー部内であたかも陰湿ないじめや暴力が横行していたかのようなマスコミ報道に憤《いきどお》ったバレー部保護者会は、事実をきちんと公表すべきだと考えた。保護者16人が記者会見を開いたのは12月8日のことである。

保護者たちは、バレー部内での人間関係は良好であり、1回目の家出の原因は、さおりの財布からお金がなくなっているのを裕太君のせいにしてさおりが強く叱《しか》ったためであること、さおりが、バレー新人戦東信大会への参加を妨害したり、部員や保護者、監督に誹謗《ひぼう》中傷を繰り返していることも明らかにした。

しかし、

「物まねがいじめに当たるとは思っていないのか」

という記者の質問には、こう答えざるを得なかった。

「裕太君が、いじめだ暴力だと認識していれば、その行為自体がいじめに当たるというふうに理解しています」

この記者会見と同じ日、バレー部の1年生の保護者全員の署名が入った、さおり宛ての抗議文もマスコミに公表された。一部を紹介する。


〈こども達の夢を壊さないで!!

どうして? あなたは丸実バレーボール部に対して、いろいろな迷惑行為をするのでしょうか。あなたが部内の「2年生による1年生への指導」を警察に訴え出た為《ため》、こども達は警察より事情聴取を受け、心にかなり傷を受けました。

暴力を容認するわけではありませんが、一年生保護者にとって今回の行為は、被害者であるとは全く考えていません。

むしろ、FAX、メール、インターネット等のあなたの暴言・誹謗・中傷の方がよほ

ど心に深い「傷」を与えたと考えています。（中略）
私達1年生保護者にとって、あなたのバレーボール部に対する行為には、全員が「迷惑」と感じています。
すぐにやめて下さい！

平成17年12月　1年生保護者一同〉

かなり強い口調の文面だが、さおりからのいやがらせ、誹謗中傷が度を越していたため、心身に変調をきたす生徒や保護者、教師が続出し、まさに我慢の限界に達していたのである。

だが、やむにやまれぬ思いで開いたこうした記者会見や抗議文の公表も、バレー部にとっては両刃《もろは》の剣だった。「暴力容認だ」「加害者の居直りだ」「被害者が二次被害を受けている」「大会に出場したいがためにいじめを隠蔽《いんぺい》している」などと非難され、さおり側の新たな攻撃材料にされてしまったのである。

弁明すればするほど、なにか言えば言うほど悪く取られてしまう四面楚歌《しめんそか》の状況だった。このため保護者会は県教委に対し、早く事実を公表して、バレー部は裕太君の自殺と無関係であることを明らかにしてほしいと強く望んでいた。

ところが、県教委こども支援課の前島や丸山は、事実を公表したくともできないジレンマに陥っていた。公務員である彼らの前に、プライバシーの保護と守秘義務の壁が大きく立ちはだかり、県議会で今井県議などによる追及の矢面に立たされても具体的な答弁ができず、袋叩きになっていたのである。

電話やメール、ファックスを総動員したさおりのいやがらせや誹謗中傷は、裕太君の死後も続いていた。裕太君が亡くなる前より数は減ったが、むしろ、より悪質さを増したようでもある。たとえば12月11日、バレー部の1年生部員の一部にこんなメールが送られてきた。

〈「僕は一年生みんなを信じていたのにどうしてみんな助けてくれなかったの？　みんなは今どう思ってる？」これを見ても誰も平気でいれるの？〉

これは裕太君の携帯から送られてきたもので、件名は「裕太が死ぬ前に書いたメール」となっている。しかし部員たちは、あたかも死者からメールが送られてきたかのように思いぞっとしてしまったのだった。

裕太君の自殺からちょうど1週間が経《た》った頃、監督の上野は思いがけない事実を知る。

バレー部の3年生9名全員が集まってしゃべっていた時、裕太君の声まねの話が出た。

「あれは翔平が裕太の声のまねをしたんじゃなくて、裕太のやっていたワッキー（お笑い芸人）の物まねを翔平も一緒にやっていただけだよね」

「裕太に対し、翔平がいじめているなんて感じ、全然なかったよね」

という声が上がった。

上野が、9月8日に裕太君への声まねなどがなかったかどうか部員を集めて調査した時、3年生はいなかった。裕太君の自殺後、裕太君へのいじめだとして声まねのことが盛んに報道されるなか、3年生たちはみな首を傾《かし》げたのである。

「もしかしたら顧問の先生たちは、裕太のしゃがれ声のまねだと誤解しているんじゃないか？」

心配になった彼らは、3名が代表して上野と菊池コーチに事実を説明しに出向く。

驚いた上野は、すぐ山崎君を呼んで尋ねた。

「裕太の物まねをしたと言ったのは、（ワッキーの）芝刈り機の物まねをした時のことだったのか？」

「そうです」

その瞬間、上野は自分が今までずっと、しゃがれ声のまねだと勘違いしていたことに気づいたのだ。

この年の6月3日、3年生が出場する県大会前の合宿を行った時のことである。チームがリラックスできるよう、裕太君と山崎君がギャグコントを披露した。それは、お笑いコンビ「ペナルティ」のワッキーの持ちネタで、当時テレビでよく流れていたものである。

まず山崎君が、芝刈り機役の裕太君にエンジンをかけるまねをすると、裕太君は腕をのばしたまま、刃に見立てた掌《てのひら》をくるくると回し、顔を左右に振り始める。すると今度は山崎君が裕太君の隣に立ち、やはり同じように芝刈り機のまねをして、首を振りながら「ウィーン、ウィーン」と言った。これはけっこう3年生たちの笑いを誘ったようである。裕太君も愉快そうに笑っていた。二人はこのギャグコントを、この日数回、披露した。声まねの真相は、かくもたわいないことだったのだ。

そもそもバレー部では、なにか行事があるたびに、部員たちがよく物まねの余興をやる。これは02年頃、NHKの物まね番組のロケが、当時の丸子町（現在の上田市）で行われたことがきっかけだった。バレー部員たちが番組の予選会に参加したところ、予選を通過して本番に出演、なんと優勝してしまったのである。それ以来、物まねはみなで楽しむバレー部の〝伝統〟になっていた。

上野が勘違いした背景には、こうした事情もあったのである。

第四章　最後通牒《つうちょう》

それでもバレー部は、2005年12月24日から始まる北信越高校新人バレーボール大会への出場を、辞退せざるを得なかった。理由は三つあった。まず、バレー部への風当たりが強く沈静化する兆《きざ》しすらなかったこと。次に、さおりの妨害行為への懸念《けねん》。さおりは裕太君が自殺する以前から、バレー部の対外試合や大会への出場自粛を要求し、強行するなら「大会に行って騒いでやる」などと脅迫していたのだ。

そして、三つ目の理由は、出場を強硬に阻止しようとする人物がもう一人いたことだ。2004年、イラクで武装勢力の人質となった市民活動家ら3人を迎えに行った弁護士の高見澤昭治である。

かねてより社会正義の実現と弱者救済に心血を注いできた彼は、本書の冒頭で紹介した12月7日の信濃毎日新聞の記事を、たまたま滞在していた長野で読み、この事件を知ったのだった。

そして、東京にもどった翌日、テレビで校長の例の記者会見も目にする。

「物まねということがですね、いじめであれば、もう世の中じゅういろんな行為がですね、いじめにされてしまうんじゃないかなというような、ただそれには不満なんだよね」

そう言ってニヤッと笑ったように見えた校長に、彼もまた義憤を覚えた。生徒が自殺しているというのになんという不謹慎で無責任な態度だろう。憤《いきどお》りを抑えかねた彼はすぐさまさおりに、「早急に弁護士をつけた方がいい」と手紙を書いた。

するとさおりから、話を聞いてほしいと切羽詰まった電話があり、彼は新幹線に飛び乗って御代田町の彼女の自宅を訪ねた。裕太君の自殺からわずか4日後、12月10日のことである。

当初、高見澤に代理人になるつもりはなかったという。ところが、裕太君が遺《のこ》したという大学ノートをさおりから見せられ、その文面を一字一句読み進めるうちに気が変わる。そこには、学校で理不尽ないじめや暴力にあい、登校したくてもできないつらさや苦しみが切々と綴《つづ》られていたのである。この裕太君の苦しみを真正面から受け止めなかった学校当局や教育委員会に怒りが込み上げた。

高見澤の両親はそもそも、長野県の佐久地方の出身であり、彼自身も高校の途中まで長野県で教育を受けた。その後、東京に移ったが、青春時代を過ごした信州の自然と風土が忘れられず、この事件の2、3年前に軽井沢に別荘を建てたという。軽井沢から御代田町までは車で20分ほどの距離である。この地の利もあって、東京の弁護士ではあるが、さおりの代理人になることを決めたのだ。

以後、高見澤はさおり宅に通い詰め、事件の詳細を聞き取ってゆく。そして、いじめを放置した学校や関係者に責任を取らせるべく、着々と布石を打っていった。

12月19日、高見澤は突然県庁を訪れ、応対した県教委こども支援課の丸山たちに裕太君の遺したノートを示しながらこう言った。

「このノートを見る限り一〇〇パーセント学校が悪いという結論になる。訴訟ありきではないが、民事でも刑事でもこれはもうこちらの勝ちですよ」

そして、にわかに険しい顔になり、こう要求した。

「北信越高校新人バレーボール大会への参加はやめさせていただきたい。もし強行するならば文部科学省へ訴えてでも大きな問題にして、来年2月の春高バレーにも影響が出るようにしますよ」

もし、さおりと高見澤の自粛要請に屈せず北信越高校新人バレーボール大会に参加したとしても、06年2月の春高バレー予選に出場できなかったら元も子もない。バレー部員たちは、この春高バレーを目標に、日々練習に励んできたのである。

この事情をよく知っていた県教委の丸山は、21日に学校へ赴き、バレー部員と保護者を前に、「(自殺直後であり)喪に服すため(自主的に)辞退してほしい」と説得せざるをえなかった。日々純粋にバレーに打ち込む子供たちにとって、大会や試合に出られないことほどつらいことはない。しかし今は耐えてほしい。その代わり、春高バレー長野県予選には必ず出場させるからとも約束した。

丸山は、裕太君の不登校の騒動が起きて以来、沈みがちなバレー部員を激励しに出かけたり、練習風景を見学したりしてきた。部員たちはみな礼儀正しく、その練習は、見ていて気持ちがいいくらいきびきびとしていて無駄がなかった。なにより、楽しそうにボールを追いかけていたのが印象的で、裕太君も、早くまたこの仲間に加わりたかったであろうと思った。

高見澤は28日にも再度県庁を訪れ、田中康夫知事と県教育長宛《あて》に7項目の申入書を手渡した。申し入れたのは、暴力を加えた生徒に対する処分、校長、担任、バレー部の監督、部長、コーチへの処分、同部の一定期間の活動停止、遺族への謝罪と損害賠償などである。そして、「県教委が誠意ある対応をしなければ告訴もありうる」と厳しい口調で言った。

だが、翌2006年1月10日、高見澤は申し入れの回答を待たず、太田校長を、なんと裕太君に対する殺人と名誉毀損《きそん》の容疑で告訴したのだ。

この日の記者会見の席上、高見澤は、告訴に踏み切った理由をこう説明した。

「6月、7月と（裕太君は）学校へは行くことは行くのですが、いじめの状況が変わらないと言って追い込まれていって『うつ病』になるわけですね。うつ病にいきなりなるのではなくて、それまでにいろいろな経緯があってなるわけですが、それの状況にあるから診断書をつけて学校に申し入れしているにもかかわらず、それをいわば踏みにじるというか、そんなことは認めないということなんでしょうかね。これほど診断書を無視した校長の登校強要というのですかね。しかもどんどん追い込まれて診断書を3回も出しているのに、登校できない理由をちゃんと書いて出しているのにですね、しかも二人宛て、保護者だけでなく、わざわざ高山裕太様を頭につけて、本人に自覚させて登校させるようにと追い込んでいくのです。これは絶対にやってはならないことで、これは民事的な損害賠償とかそういう責任にとどまることですむかというと、今までだったらそういうことですんでいたが、私はちょっとこれは違うのではないかと……。いろいろ若手の弁護士などと話し合って、『これはもう殺人罪ですよ』

ということになり、司法試験に受かったばかりの若手もそういうふうに言ってくれますので、私も非常に自信を持ってこういう告訴状を作りました」

告訴された側にとってはまさに青天の霹靂《へきれき》である。県職員から高見澤の記者会見の一報を受け、太田校長は茫然自失《ぼうぜんじしつ》した。えーっ、この私が人殺し。いったいどうしてこうなるんだ。そのうえ、高見澤が告訴状のコピーを記者に配ったため、その日の夕刊各紙と翌日の朝刊に実名が大きく載ってしまった。だが、記事を読んでも自分のこととは到底思えない。これはいったいどこの誰のことだ。降ってわいた殺人容疑は、音楽教師としてひたむきに歩んだ校長の経歴とはおよそ相入れない。

太田校長は長野市の生まれである。新潟大学教育学部を卒業し、同大学の専攻科、研究科で学んだ後、長野県の教員採用試験に合格。1974年から、音楽教師として長野県内の各高校で教鞭《きょうべん》をとっていた。95年には、小諸高校に県内で唯一《ゆいいつ》開設された音楽科の基盤作りをするなど、長野県における音楽教育の向上に大きく貢献している。丸子実業高校に校長として赴任したのは05年の4月。高山裕太君とさおりを巡る大騒動が勃発《ぼっぱつ》する4か月前のことである。校長は赴任早々、同校を総合学科に移行するための大々的な組織改変の陣頭指揮にあたっていた。

総合学科とは、主に高校において、普通教育と専門教育の両方を総合的に施す教育システムのことで、現在では、全国に300校以上ある。

希望の大学に入ってはみたものの、卒業後、何をしたらいいかわからないと悩む学生は多い。そこで、高校のうちから、生徒の希望に沿った実践的な教育を普通教育と並行して習得させ、産業社会と人間のあり方を学びつつ、将来の職業への目的意識を育《はぐく》むというのが総合学科のねらいである。

当時の丸子実業は、名門である野球部やバレー部、陸上部などでの活躍は華々しいものがあるものの、進学実績などでは目を見張るものはなく、実業高校として壁に突き当たっていた。総合学科への移行は、同校のいわば起死回生の策であり、それを託されたのが太田校長だったのである。

高見澤は告訴状を提出した翌日、奇妙な電話を担任の立花にかけている。

「今そこにどなたもおられませんか？」という第一声に、立花が機転をきかせた。電話を校長室で受け、校長以下、その場にいた関係者が内容を聞きとれる状態にしたのである。

「あのね、立花さん個人に何か責任を押しつけるような感じの動きがあるもんですから、私は立花先生はそんな方じゃないと思っているもんですから、こういうふうにされた方がいいんじゃないか、ということも含めて、お話しできないかな、と思って。私は特に弁護士として個人的に責任追及ということではなくて、別の立場で、お会いしようかと思っているんですけど」

「個人的に責任を押しつけるというのはどこから出たのかわかりませんが、またちょっと関係者と相談してみて……」

立花がそう返答すると、高見澤は畳みかけるように言う。

「関係者が問題なんですよ。関係者が問題なんでね。つまりはっきり言うと、バレー部を守るためにだれを犠牲にするか、ということなんですよ、今、動きは。つまり、彼が自殺に追い込まれたのは何が原因なのか、という犯人探しをしているんですよ。もちろんそのひとつが母親だと言われているのはご存じの通りなんですが、もうひとつが担任だということで。組織というのは非情なところがあって、だれか責任者に仕立て上げるみたいなことで、今いじめがあって暴行があってということの話がだんだん。要するに直接身近にいた学校の関係者は先生なもんですから、対応の問題とか取りざたされていますが、私の方は正直言ってそうだとは考えてないんですが、そういうことに持っていくような動きもあるもんで、先生がそれでいいんだったら、また別の問題ですけれどもね、もしできたら、また私の方にお電話いただきたいと思います」

「はい」

「私自身がいろんな情報をお聞きして、これはまずい方向っていうか、要するに丸子実業はまずバレー部を守りたいんです。あるいは、バレー部の監督を守りたいということかもしれません。そういうことが相当感じられるので、それは逆じゃないかと」

校長たちは、高見澤と立花のやりとりを聞き、高見澤にはさおり以外に情報源がないのではないかと推測した。

立花は、前日、校長が殺人罪で告訴されたことに大きな自責の念を感じていた。そもそもこの騒ぎは、自分の一言が裕太君の家出の原因だと、さおりから責められたのがきっかけだ。組織の長が最終的に責任を負う定めになっているため、校長は何も悪くないのにとんでもない濡《ぬ》れ衣《ぎぬ》を着せられてしまった——。

さおりは当初、猛烈な勢いで立花を責め立てた。

「全部私が悪いんですか？」

責任追及の激しさに耐えかね、いくらか強い調子で問い返すと、さおりは言った。

「あんただけが悪いんじゃない」

しかし立花は、さおりからこれでもかと浴びた罵詈雑言《ばりぞうごん》の数々を忘れることができない。ことに、裕太君が亡《な》くなった直後、さおり宅に駆けつけた際に彼女から投げつけられた言葉は深く彼の心を抉《えぐ》った。

「立花、お前だけは許さない！」

彼女はそう言ったのだ。

県教委の丸山たちは、バレー部監督の上野や生徒指導主事の尾野に何度も確認していた。山崎君が1年生部員全員をプラスチックハンガーで叩いたこと以外、いじめや暴力は存在しないか、山崎君が裕太君の声まねをした事実はほんとうにないか、教師による体罰などもないか——。

いくら聞かれても、ないものはない。

尾野は、学校がバレー部を特別扱いしている事実はないと丸山に強調した。高見澤がさかんに、学校は栄誉あるバレー部を守りたいためにいじめや暴力を隠蔽《いんぺい》していると主張していたからだ。

丸山は、学校、県教委のすべての関係者に何度も聴取しながら、事件の全貌《ぜんぼう》の解明と検証作業を進めていた。さおりの言動と学校の対応を中心に事実関係を整理、確定し、県の対応が適切であったかどうかも検証。06年2月6日には、詳細な経過報告書を完成させていた。ところが、内容のすべてがさおりの個人情報、プライバシーに関わることばかりで、とても公表できるものではなかった。

そのひと月ほど前の1月17日、佐久合同庁舎においてさおりは、高見澤の同席のもとに、県教委高校教育課の吉江速人課長以下3名から事情聴取を受けた。この事情聴取は高見澤の要求によるものである。

この時までに丸山の作成していた報告書がある程度できていたので、吉江らはこれを読んだうえで話を聞いた。表向きは冷静に耳を傾けながらも、彼らは内心、驚いたに違いない。さおりが語るバレー部はまさに、悪がはびこる伏魔殿だったからである。いじめあり、暴力あり、しごきあり。上野監督自らも生徒を殴り、その生徒は病院に行くほどだったのに、監督の圧力によりこの事実は口止めされている。飲酒や喫煙をしている部員がいるが、バレー部だけ特別扱いで処分されない。ハンガーで頭を殴られた時は、頭がジンジンして赤く血がにじんだ。他の1年生たちが、「こんなことしたら警察沙汰《ざた》だよな。捕まるよな」と口走っていた。前年8月31日（裕太君の2回目の家出の時）の立花担任の対応はひどかった。ろくに捜索に協力してくれず連絡もつかなくなる。バレー部の黒岩部長も、「捜さなくてもいい。友達の家に上がり込んで遊んでいる」などと言った――。

高見澤はさおりの隣で相槌《あいづち》を打ったり、さおりの主張を再確認したりしていた。二人の話をおおむね黙って聞いていた吉江たちだが、一つだけ質問を試みた。さおりが、05年5月の1回目の裕太君の家出も、バレー部のいじめや暴力が原因だと言い張ったことに対してである。

「立花担任や上野監督、前島課長は、おかあさんから、金銭上のトラブルで家を出て行けと言った、と聞いているのですが違うのですか？」

すると、さおりはみるみる態度を硬化させた。

「私は話しておりません、一切。ありもしない事実です。なぜそのようなことができあがるのか、以前からそういうことがたくさんありました」

高見澤もいきり立った。

「みんな口裏合わせをしている。そういうことを言っているのであれば、私は、立花担任と上野監督に対して名誉毀損で追告訴する」

翌1月18日の午前中、さおりは上田教育事務所の佐久間に電話をし、絶叫した。

県教委はでっちあげをしている。裕太の自殺はいじめや暴力が原因なのに、（学校や県教委は）認めない。5月の家出の原因を学校は裕太との金銭面での口論だと言っているが、そんな事実はない。8月の家出の捜索の際、ビラを4000枚作れなどとは言っていない。上野はパイプ椅子《いす》で部員を血が出るほど殴っているが、部員や保護者は村八分を恐れて言えないでいる——。

20日、高校教育課の吉江課長は高見澤に電話をし、丸子実業高校男子バレー部は春高バレーに出場すると伝えた。すると高見澤は、「もはや司法の場で事実と責任を明らかにする外ない」という通告書をファックスで送ってよこした。彼からのいわば〝最後通牒《つうちょう》〟である。

25日、上野監督の自宅にこんなファックスが送られてきた。

〈上野先生がパイプ椅子でバレー部員の生徒を殴っていた事実や血を流すような怪我《けが》をさせた事実は隠せないですよ。私たちにしたように裕太君親子の電話も拒否したのでしょう？

自分から罪を隠さず正直に言ってください。

何度同じ過《あやま》ちを繰り返すのですか？

今までも同じ事をされ自殺まで追い込まれた子供の気持ちがわからないからこのよう

な犠牲者が出たのです〉

　別人になりすましているが、ファックス用紙の上部に印字された発信元の電話番号と名字はさおりのものだった。

　26日、県教委高校教育課と今井県議は、「自殺したい」と泣きじゃくる、さおりからの電話を受ける。高校教育課の担当者がただちに太田校長に電話し、校長は、尾野とバレー部部長の黒岩をさおり宅に急行させた。二人が着くと、今井が玄関前に佇《たたず》んでいる。

　さおりが部屋の中で包丁を振り回し「死にたい」と騒ぐので、今井が説得して一本一本取り上げたという。その包丁がなんと5本も今井のバッグの中に入っていた。今井はその後、閉め出しを食ってしまったらしい。さおりは今、リビングで毛布をかぶってうずくまっているという。

　尾野と黒岩が玄関をノックしても応答はない。

　そこで今井が、リビングの出窓に向かって呼びかけた。

「あなた、県へ電話を入れたの？　学校の先生が心配して来るかもしれないから会う？」

すると、室内のさおりはにわかに狂乱状態になり、叫び出した。

「上野監督と立花担任が謝罪に来るように伝えろ！」

「5月の家出について、立花担任と上野監督はうその証言をしている。その発言を撤回し、夕方6時までに謝罪文を寄こさないと、死んで自らの潔白を証明する！」

こんな状態では、とてもまともに話などできない。

3人は近くの駐車場で1時間ほど話しあった後、裕太君の祖母宅に向かった。祖母宅で、さおりを入院させることなどを話し合おうとしたが、祖母は、「（さおりを）病院に連れて行かなくてもいい、自殺などしませんよ。かっとなる性格で、時間がたてば落ち着きます」と言う。

裕太君の自殺とさおりの錯乱状態が続くなかで一番心配されたのが、次男のまなぶ君への影響だったが、それについても祖母はこう言った。

「（さおりは）裕太に対するのと違って、まなぶには何もしないから大丈夫です」

そして、3人を見まわしてこう頼んだ。

「前に、自分の携帯に今井県議からの着信履歴があったのを母親（さおり）に見られてこっぴどく叱《しか》られたので、みなさんが自宅に来たことは母親には絶対言わないでほしい」

今井は翌27日学校に出かけ、立花と上野に5月の家出の原因を執拗《しつよう》に問い質《ただ》した。二人は詳しく説明したが、今井はそれでも信じられない様子である。

「お母さんも犠牲者だと思いますけど」「何かあったら反省してもらうことが教育。お母さんの言うこととだいぶ違いますね」

さらに2月6日、今井は立花に電話を入れる。

「校長先生が、裕太君がお母さんの財布からお金を持って行ったのではないかと（記者会見の場で）言ったようですが、担任や（バレー部）顧問の口から出たというのが信じ難い」

「なぜ高見澤弁護士との話し合いに応じられなかったんですか」

「立花先生はともかく、上野先生は逃れられないと思う。上野先生はどうして3か月も来てくれなかったのか。過去には体罰指導もあるようですし」

今井は、さおりの話をすっかり信じ込んでいるようだった。裕太君の口から直接、「クラブの先輩の5月からの声のまねなどとてもいやだ」と聞いたことも、根拠になっているようだ。

もちろん彼女も当初は善意で、窮状を訴えるさおりのもとに駆けつけたのだろう。しかし、県会議員という公的立場の人物が一方に過剰に肩入れしたことで話をよけいこじらせ、逆に解決を遅らせてしまうことになった。

　バレー部は、県教委が約束した通り、2月11日から開催された春高県大会地区予選に出場した。ところが、まさかの2回戦敗退を喫してしまう。いじめ自殺報道によって他のチームや観客からの視線は冷たく、針の筵《むしろ》のようだった。試合中、コートチェンジする際、「人殺し！」と観客席から罵声を浴びせられる場面もあった。生徒たちは唇をかみしめ、じっと耐えるしかなかった。

　2月17日、県教委は、高見澤が前年末に提出した7項目の申入書に対し、簡潔な理由を記して、すべて応じられないとする回答書を郵送した。念のため、丸山が完成させた報告書も添付した。

　しかし高見澤は、この報告書の信憑性《しんぴょうせい》を疑った。田中康夫知事宛てに、県の職員が事実と異なる報告をしている、その報告を鵜呑《うの》みにしている知事は「裸の王様だ」、真実を見極めていただきたいと綴った手紙を郵送しているのだ。

　3月9日、さおりは、長野県、校長、山崎君及びその両親を相手取って8329万円余の損害賠償を求める民事訴訟を長野地裁に起こした。

　バレー部は、訴えられれば正々堂々と受けて立つ覚悟だった。法廷に場を移してきちんと審理されれば真実が白日の下に晒《さら》され、必ずや自分たちの正しいことが証明されると思った。だから、提訴の知らせを受けた時、「いよいよ来た！」と武者震いするような気持ちだったのである。

むしろ、上野監督や複数のバレー部員も訴えられるのではないかと考えていたため、それが山崎君親子だけだったことに意外の感があった。だが、山崎君親子だけにこの裁判を担《にな》わせるつもりは毛頭なく、部内でカンパを募り、裁判費用の全額を賄《まかな》うつもりだった。

第五章　対決

「こんな弁護士がいるなんて信じられない」

太田校長は周囲にそうつぶやいていた。

法曹関係者というのは、理性と知性を兼ね備えた常識人の集まりではないのか——。これまで校長は漠然とそう思っていた。だからそのなかに、高見澤のような弁護士が存在すること自体、とうてい信じられなかったのである。

この男は自分を陥《おとしい》れ、とんでもない世界に引きずり込もうとしている。

高見澤によって着せられた「殺人者」の汚名とマスコミによる実名報道は、太田校長の名誉を著しく傷つけた。校長の長女は当時、結婚を控えていたが、相手の親族から、殺人罪で告訴されるとはどういうことかと説明を求められた。丸子実業の同窓会やPTAの会合でも同様に釈明をしなければならず、その屈辱たるや計り知れなかった。

いったい自分が何をしたというのか。校長は自問自答した。

自分はただ、裕太君の安全と幸せを願い、異常な行動を取る母親のもとから裕太君を救い出そうとしただけだ。

実は、県教委こども支援課や佐久児童相談所を中心に、関係各機関の緊密な連携のもと、数か月も前からある計画が進行していたのである。それは、児童福祉の観点から、裕太君を母親のさおりから離して保護する母子分離の計画だ。２００５年9月29日に行われた関係者連絡会議の席上、すでに、このことが話し合われていたのである。教師も県教委も、さおりと裕太君の母子関係に危ういものを感じとっていた。

裕太君と親しかったバレー部の1年生たちも、裕太君が母親から半ば養育を放棄されていることを知っていた。通学距離が長いのにもかかわらず、「おかあさんが（駅まで車で）送ってくれない」「お母さんが弁当を作ってくれない」「お母さん、やだ」、裕太君がそうつぶやくのを部員たちは聞いていたのである。そのうえさおりは、裕太君に家事全般を押しつけていたのだ。

バレー部の保護者からも、さおりと裕太君の母子分離が可能ならそうしてほしいという声が上がっていた。裕太君はなにも悪くないのだから、再び登校してきたら温かく迎え入れよう。部員たちも保護者もそう思っていた。しかし現実問題として、常にさおりが背後で裕太君をコントロールし、バレー部への誹謗《ひぼう》中傷を続けるなら、裕太君とも距離を置かざるをえないという声もあった。

母子分離といっても簡単なことではない。まず、裕太君と単独で会い、彼の意思を確認できる場面を作らなければならない。そこで丸山たちは、佐久児童相談所と協力して一計を案じた。さおりが県教委に連絡をして来た際、児童相談所でも相談を受け付けると伝え、親子が児童相談所に来所するよう誘導したのである。また、こども支援課の丸山は裕太君と電話で話した際、児童相談所なら一人で行っても相談に乗ってくれると勧めた。

こうした苦心の末、同年11月半ば頃から、さおりと裕太君は佐久児童相談所を訪れるようになり、時には単独で訪れる裕太君の本音を相談員は聞き取っていった。

11月24日、丸山とバレー部部長の黒岩、生徒指導主事の尾野が佐久児童相談所を訪問した。その際、裕太君を担当している相談員は、裕太君から丸山に聞いてほしいこととして、以下のように伝えた。

「一時保護の期間を学校への出席扱いにできないか。母親にわからないように、上野監督と立花担任に連絡を取る方法はないか。手紙や電話、メールだと母親に知られてしまう」

児童相談所は、裕太君の相談内容については守秘義務がある。しかし、漏れ伝わるこうした言葉などから、さおりの厳しい監視の下、裕太君は外部と自由に連絡を取る手段を奪われており、その母親から逃れるため、一時保護に前向きになっていったことが窺《うかが》える。

県教委も児童相談所も母子分離の時機を計りかねていたが、少なくとも、裕太君が登校すると言っていた12月5日以降に決断しようとしていた。ちょうど6日には、裕太君が児童相談所に来所予定になっていた。太田校長も、裕太君が入所するはずの一時保護施設のパンフレットを、児童相談所からすでに入手していた。その矢先に裕太君は自殺してしまったのだ。

裕太君が児童相談所と接触していた時期、母子は、長野県弁護士会の「子どもの人権救済センター」にも相談に出かけている。さおりは担当の弁護士に当然のごとく学校でのいじめや暴力を訴えたが、弁護士は話を聞くうちに、二人の母子関係の方に問題があると感じ、裕太君から単独で話を聞くことにした。

すると裕太君は、おおむね次のようなことを話したという。

「家出したのは、成績のことで母親から怒られると思ったから。自殺するつもりは全くなかった。学校、バレー部に戻りたい。そのためには謝ってもらえばいい。謝罪文はいらない。単位のことを配慮してほしい。勉強の遅れを取り戻すよう、補習をお願いできないか。（母の）学校やバレー部への行き過ぎた言動は申し訳ない。恥ずかしいと思っている」

ところが、裕太君の突然の自殺がすべてを狂わせてしまった。母子を分離して裕太君を保護しようとした関係者の努力が無になっただけではない。さおりとさおりの言葉を信じた高見澤弁護士によって、まるでポジフィルムを反転させたような真逆のストーリーが作り上げられてしまったのだ。

このゆがんだストーリーにおいては、裕太君を救おうと懸命になった者ほど、理不尽な非難を浴びる羽目になっていたのである。

06年3月、長野県、校長、山崎翔平君とその両親が高山さおりから民事提訴されて後、被告長野県の訟訴代理人に就任したのは高橋聖明《まさあき》弁護士である。高橋はこれまで教育委員会や児童相談所の相談に応じることが多く、子供の権利についても深い知識を有する弁護士だ。

当初は高橋弁護士ひとりで、校長、山崎君親子の弁護も行うはずだった。しかしこの三者は、事件の性質上、微妙に利害の相違がある。従って、主張が必ずしも一致しない可能性や、訴訟の進行に伴って互いに責任を押しつけあう事態も起こらないとは限らない。このため県では、それぞれ別々に弁護士を立てるべきだという結論に達した。

しかし、最初に県から、「一枚岩でいきましょう」と言われて心強く思っていた校長たちは当惑した。急に方針が変わり、「県が弁護士を紹介するから、校長先生と山崎君はそれぞれ別々に闘ってください」と引導を渡されてしまったようなものだったからだ。説明を受けて一応納得はしたものの、それでも、県から見放されたようで心細さが募った。

別々に裁判を闘うということは、裁判費用も各自の負担になるということである。ただ、校長の場合、不幸中の幸いと言うべきか、保護者から訴えられた場合に備えた損害賠償保険に加入していたため、この保険金で裁判費用を賄《まかな》うことができた。

こんな事件に巻き込まれる危険性を、差し迫って感じていたわけではない。ただ、些細《ささい》なことで学校にクレームをつける保護者が急増していることは実感していた。他校の例だが、息子がいじめられていると思い込んだ母親が、バッグに包丁を忍ばせて学校に乗り込むといった事件も起きていた。そこで、1年間に払い込む保険料も500円と大した額ではなかったので、万一の場合に備えて加入していたのである。県内で保険金が支払われたのは、校長が初めてだったという。

校長の代理人に就任したのは佐藤芳嗣《よしつぐ》弁護士である。佐藤も子供の権利や福祉に造《ぞう》詣《けい》が深く、生徒や保護者の代理人になることが多い。佐藤はまた、校長に対して行われた1月の刑事告訴でも弁護人を務めていた。

山崎君とその両親の代理人となったのは、神田英子（現姓は織《おり》）弁護士である。神田が高橋から事件の依頼を受けたのは、4月28日に行われる第1回口頭弁論の2、3週間前だ。口頭弁論とは、民事訴訟の双方の当事者（または代理人）が公開法廷において裁判官の面前で主張を述べ合う行為である。

神田への依頼がぎりぎりになったのは、高橋が、他の弁護士に依頼して断られ続け、最後にたどり着いたのが神田だったからだ。

すでに高見澤は校長を殺人罪で告訴し、なおかつそれを記者会見で公表していた。こうした弁護士を相手にすることを、長野県弁護士会の多くの弁護士たちは敬遠したのだろう。いじめがなかったことを証明する難しさもある。しかし神田は、高橋、そして校長の代理人になった佐藤とともに、信州大学法科大学院の教員を務めていたこともあり、高橋から頼まれれば引き受けざるを得ないという事情もあったようだ。

神田はこの事件のことをまったく知らなかった。当事者である県職員や丸子実業の教員たちから話を聞き、彼らの語る内容に驚愕《きょうがく》する。

3人の弁護士は、この事件の性格を次のように分析検討し、弁護方針を立てた。

まず第一に、原告が主張するいじめも暴力も存在しないということである。つまり、2年生の山崎翔平君が、裕太君を含む1年生部員に対してプラスチックのハンガーで頭を叩《たた》いた事実はあるが、これは後輩に対する指導を目的とした行為で、裕太君を自殺に追い込むほどのいじめや暴力と評価されるものではない。

加えて、山崎君が裕太君のしゃがれ声そのもののまねをした事実はなく、継続的で集団的ないじめや暴力もなかった。したがって、山崎君は裕太君の自殺とは無関係である。県や校長の指導監督義務違反や安全配慮義務違反も発生しない。この方針を最後まで貫くことを確認した。

これ以上、子供が犠牲になってはいけないという強い思いも、3人の弁護士にはあった。

この方針通り、神田弁護士の弁護の目的は、依頼人である山崎君が裕太君の自殺とは関係ないと証明することだった。

神田弁護士が山崎君親子の代理人となるにあたり、決め手にしたのは上野監督の人柄である。初めて上野夫妻が神田の事務所を訪れた際、上野はこう言った。

「被告とされたのはたまたま山崎君でしたが、部員のうち、だれが加害者と名指しされてもおかしくない状況でした。山崎君親子だけに裁判の負担を押しつけるわけにはいかない。弁護士費用も含めて、バレー部の保護者会で支えていきたい」

これを聞いた神田は、部員を我が子のように思い、加害者とされた子も見捨てず、正義を貫こうとする上野の態度に感銘を受けた。

それは、さおり側が描いた、暴力が横行する運動部の指導者といったイメージとはかけ離れたものだった。

（この監督を中心に部員たちが団結すれば、勝てるかもしれない）

そう思った神田は、上野夫妻に向かって宣言した。

「山崎君の汚名をそそぐために頑張ります」

その数日後、神田は、訴えられた当事者である山崎君とその両親に会った。

山崎君本人はさすがにしょんぼりした様子だったが、神田が質問したことには明快に答えた。

「私は翔平君の味方だから、不利なことも全部教えてほしい。裕太君のことを気に食わないという気持ちはあった？」

「いいえ、ありません。むしろ仲がよかった」

「仲がよかったのになぜ、あなたがいじめの加害者と名指しされたのかな」

「上級生の中で、裕太としゃべったりじゃれたりしているのはぼくしかいなかった。裕太はお母さんから強く問い詰められ、なんでもいいからいじめとこじつけられるようなできごとを話す必要があったんだと思います」

「これから厳しい闘いになるけれど、バレー部の仲間の中で、翔平君と一緒に法廷で真実を話してくれる友だちはいますか」

山崎君は「います」と即答し、何人かの名前を上げた。山崎君の母親も、

「いじめの事実は絶対にない。私は毎日、翔平と裕太君の姿を見ていました。二人の様子がおかしければすぐに気づきます」

と言ったが、神田は慎重だった。

「いじめは陰でわからないようにやることも多いから、親が把握しきれないこともあるのでは?」

「バレー部の遠征や合宿には保護者も同行するので、子供たちの関係は全部わかります」

母親はそう言い切った。両親は、バレー部で活躍する息子を応援するのが生きがいの様子で、毎日、部活の送り迎えをし、毎週末の遠征や合宿にも付き添っていたので

ある。

それでも半信半疑だった神田だが、後日、他の部員たちと会うために、バレー部保護者会主催の焼き肉大会に参加して納得した。バレー部員たちは親しげに「翔平のおばさん」と呼びかけ、母親の方も、部員の顔と名前がすべて一致するほどであったのだ。

と同時に、上野監督と部員たちの和気あいあいとした関係を目《ま》の当たりにした神田は、自分の第一印象が正しかったことを実感した。上野はもちろん、勝利をめざして厳しい指導をしていたが、そればかりではなく、部員たち全員にバレーボールの醍醐《だいご》味《み》を味わわせてやりたいと心を配る監督である。レギュラーの選手と同様に控えの選手も大切にし、進学や就職の際には、分け隔てなく全員の面倒をみる。部員たちもそんな上野を敬愛していた。裕太君もその一人であり、亡《な》くなる直前まで上野に会いたがっていたことは、他ならぬさおりも認めている。

3月9日の民事訴訟提訴直後、バレー部でのいじめや暴力を真実であるかのように報じた記事が現われた。3月17日号の「週刊金曜日」である。

〈長野県立丸子実業高校のいじめ自殺事件　母親に原因を押しつけて逃げるのが〝教

育者〟か〉

このタイトルのあとに、次のようなリード文がついている。

〈子どもへのいじめに気がついたら、あなたはどうするだろうか。しかも学校の対応が不誠実だったら。息子を守ろうと必死だった母親が、その行動力ゆえに〝変わり者〟扱いされてしまい、最悪の結果の後でも「原因は家庭」などとデマを流されている。なぜなのだろうか〉

この事件を巡っては、学校・県教委と保護者が真っ向から対立している以上、どの報道機関も一応は両者の言い分を併記し、いじめや暴力があったと断定はしていない。ところがこの記事は全く違っていた。筆者は、著名なルポライターの鎌田慧《かまたさとし》である。鎌田にかかると、いじめ自殺はすでに疑いようのない事実なのだ。

鎌田と高見澤は旧知の間柄である。

この事件において高見澤は、あらゆる手段を用いて学校や県教委、バレー部を追及しているが、彼はさらに、長年の友人である鎌田慧にも、この大々的なキャンペーンの一翼を担《にな》わせたのだ。鎌田は、高見澤からの資料提供とさおりへの長時間のインタビューをもとに、この記事を書いた。原告側が描いてみせたストーリーをそのまま、ルポ風に焼き直したものである。鎌田は太田校長に会い取材を試みてはいるが、「告訴されているから」となにも聞き出せないまま終わっている。

〈彼女の話を聴いて、彼女の手許《てもと》にある校長名の文書をみて、憤《いきどお》りを禁じ得ないのは、「一日も早く登校できますよう願っております」（一一月一五日）、「2年生への進級が極めて困難になります。裕太君の一日も早い登校を願っております」（一一月二八日）と追い討ちをかけていることである。

さおりさんは、三度も「診断書」を学校に提出した。最後は、「神経衰弱状態」「当面の間、休学と加療継続を要する」（一一月六日付）というもので、自死の一カ月前である。いまは企業でさえ、「うつ病」のひとには、出勤しろとはいわない。なんとこの公立高校の校長は、ひとの生命に無知なのだろうか〉

鎌田は、１９８０～90年代に多発した悲惨ないじめ自殺事件を数多く取材し、被害者遺族にインタビューを重ねた。その結果、日本の学校の封建的で管理主義的な体質が、いじめの温床だと考えたらしい。

〈まず、学校が変わらなければならない。管理という名の、子どもたちの一挙手一投足にたいする強制は、軍隊制度のなごりであり、産業予備軍の育成以外の何ものでもない。子どもたちの自由にたいする恐怖は、教師の自信のなさのあらわれである。

学校はタテマエ社会である。学校が神聖な場所とされつづけているのは、戦中の皇民化教育の残滓《ざんし》であり、教師への「聖職者意識」の強制は、教育勅語の延長線上にある〉（『せめてあのとき一言でも』草思社／1996年）

こう主張する鎌田にとって、生徒や保護者はまちがいなく、学校という抑圧組織の被害者なのである。

ただしその鎌田も、さおりが周囲から奇異の目で見られていることには気づいていた。

〈さおりさんにお会いするまえに、わたしは、この事件を報じる朝のスタジオ番組をビデオで観《み》た。「とくダネ！」（フジテレビ）の小倉智昭キャスターが、母親が学校側との電話を録音していたことをさして、その後のこと（自殺）も考えていた、用意周到だ、と評した。「スーパーモーニング」（テレビ朝日）のリポーターは、ちょっとしたいじめなどで死ぬようなものではない、といってのけた。なんということをいう。愕然とした。したり顔でいえることとか。

校長はその番組で、自殺は家庭に問題ある、といいきり、「物マネをいじめというなら、世の中のいろんな行為がいじめになってしまう」とうすら笑いを浮かべていった。さおりさんが、校長を「名誉毀損《きそん》」で訴えたのは、裕太君が家出したとき、二万円を母親の財布から抜き取った、となんの根拠もなくいったことによっている。教育者が根拠もなくいうべきことではない。それでも、校長やテレビのキャスターたちのいい方は、「あの母親なら」といったような、歪《ゆが》んだ母親像をつくりだしていた。わたしが、県庁の「表現センター」と呼ばれている、田中康夫知事との会見場で、「庶民が裁判に訴えようとするのは、よほど学校や行政の対応がわるいからで」などといったとき、後ろの席の記者たちから、苦笑する音がもれてきた。それが母親にたいする冷笑でもあった〉

鎌田は、保護者の側にも問題がある可能性を頭から排除している。リード文にあるように、さおりが子供を守ろうと必死になった結果、学校との間に軋轢《あつれき》と誤解を生んだのであり、そうした母親を理解しない学校やマスコミにこそ問題があるという論法である。

06年4月28日午後2時、民事訴訟の第1回口頭弁論が長野地方裁判所（宮永忠明裁判官）で開かれた。

記者席は、地元の信濃毎日新聞をはじめとする各紙やテレビ局の記者で埋め尽くされ、この事件に対するマスコミの関心の高さがうかがわれた。一般の傍聴席には、バレー部の上野監督とその妻京子、その他バレー部の保護者6、7人が詰めかけ、法廷の様子を固唾《かたず》を飲んで見守っていた。

その中を、黒っぽいスーツに身を包んださおりが、裕太君の遺影を掲げて出廷した。原告席に座ると、手にしたハンカチでしきりに涙を拭《ぬぐ》いながら意見陳述を行った。

「裕太が自殺に追い込まれたのは、いじめや暴力で心身ともに傷つき、絶望的な状態に追い込まれたこと、それが原因でうつ状態となり、専門医からうつ病で、しかも死を考え実行する恐れもあるので、休んで治療をする必要があると診断され、その診断書を3回も学校に提出したのに、私が仕事で昼間は家を空けざるを得ず、家で休んでいる裕太が開封して見ることを知りながら、太田校長から欠席が続くと進級できないと脅すような文章を書留郵便で送りつけ、それを見た裕太がその度に症状を悪化させ、さらに自殺直前には校長の命を受けて教頭と担任、それに教育委員会の職員らが自宅に押しかけてきて5時間にもわたってしつこく登校を促したために、ついにいたたまれず自殺してしまったものであり、私はそのことをこの裁判で明らかにしてもらいたいと考えております」

次に原告代理人の高見澤弁護士が、さおりの陳述を補強した。

「本件は被告らの誤った行為によって裕太君が心身ともに傷つけられ、極度に苦しめられた結果、最悪の事態を迎えてしまったものであり、自殺後の被告太田の名誉毀損を含め、いずれも被告らの故意ないしは重大な過失によって行われたものと言わざるをえません。被告らの行為と結果との因果関係や、結果発生についての予見も明白であり、その意味では本件は法的には誠に単純な事件であり、書証など証拠も揃《そろ》っていますので、迅速に審理を進められ、一日も早く判決をいただけるものと考えております」

「遅くとも（来年）2月末には判決を出していただきたく、格段のご配慮をお願い申し上げます」

これに対して、被告の県指定代理人は、

「不適切な行為が繰り返しあったとは確認しておらず、学校の対応とうつ病や自殺との因果関係はない」

と請求の棄却を求めた。この日、被告側代理人の3人は都合がつかず出席していない。

ここで、原告側の主張する事実とはどのようなものか、訴状の一部を抜粋する。

〈バレーボール部の上級生である被告山崎翔平は、同年（平成17年＝2005年）5月の初め頃からバレーボール部において、裕太が嫌がり不快に感じていることを知りながら、たびたび裕太の「嗄声《からごえ》」をことさら真似《まね》て裕太をいじめた。

そのために裕太は希望をもって入学した丸子実業高校に登校することにだんだんと嫌気と不安感をいだき、同年5月30日には一旦《いったん》家を出たものの登校することができず、学校にも原告にも知らせず、初めて学校を休み、夜中に密《ひそ》かに帰宅した。

裕太は翌朝、原告が帰宅を知らずに翌朝まで探し回っている間に家を出たが、被告山崎翔平にいじめられることを恐れて登校できなかった。同日、原告は学校から裕太が登校していないとの連絡でそのことを知り、仕事を早退して探したところ、本屋にいるところを発見した。

帰宅した後、原告が裕太に登校しない理由を問い質《ただ》したところ、バレーボール部の部員に「嗄声」を真似されていじめられ、そのことが苦痛で耐えられないことを初めて知らされた。

それを聞いた原告は裕太に、担任とバレーボール部の監督に対して、声を真似るようないじめをさせないように話すからと励まし、バレーボール部でも頑張るように促したところ、裕太も元気を取り戻し、翌日から通学し、バレーボール部の練習にも参加した〉

〈ところが、被告山崎翔平はその後も、裕太の「嗄声」を真似て裕太に対していじめを繰り返した。それればかりか、同人は夏休み中に部活動に毎日のように通っていた裕太を、同年7月下旬頃、バレーボール部の部室内で正座させ、立ったまま手に持った頑丈なプラスチック製のハンガーを裕太の頭に思い切り打ち付けて裕太に暴行を加えた。

それでも裕太は、その屈辱にも耐え、夏休みの期間中、バレーボールの活動に参加していたが、被告山崎翔平による「嘎声」を真似る等のいじめがたびたび繰り返された。

そのために、裕太は次第に精神的に追い込まれ、快活な生活態度から、次第に無口となり、食事の量も減り、学校生活やバレーボール部の不満を述べるようになった。

さらに8月29日には担任の立花から、「高山君、製図の8月25日の提出締切りに間に合わず、2学期の評定が1だそうだが、どうして間に合わなかったんかね。おかあさん悲しむね」などと言われた。そのために、翌8月30日には再び登校する気力がなくなり、新幹線で東京に向かった。そして、自殺も考えるような精神状態のまま、9月5日に警察に保護されるまで、上野近辺で野宿をして過ごした。

裕太は帰宅後も登校を嫌がり、精神状態が不安定であったことから無理に登校させるようなことをしなかったが、裕太が9月10日に「家出をした理由」として、いじめによって「心が傷ついていった」こと、家出前日に担任から言われたことで、「いつも1をとったら退学といっていたので、学校に行ってもしかたない」と思い、「お母さんにも悲しむと思い言えなくなり家を出た」こと、「立花先生のクラスはいやです」ということを1枚の紙に書いた。

そこで、原告はそれを添えて、メールで裕太が安心して登校できるよう、被告太田に対し、いじめがあったことを認め、謝罪するとともにいじめを防止する具体的な方策を講じるように求めた〉

被告側は、この記述の中に大きな矛盾を見つけた。上級生の山崎君が裕太君のしゃがれ声をまねする行為が、05年5月の初め頃から始まったとしている点である。そしてそのいじめを、さおりが裕太君から初めて聞いたのは5月30日の1回目の家出の直後だと言うのだ。つまり、1回目の家出も、山崎君によるいじめが原因だと原告側は主張しているのである。

しかし、山崎君が裕太君の物まねをしたとされるのは6月3日であり、1回目の家出以降のことである。

また、裕太君はこの家出の後、何事もなかったかのように学校生活に復帰し、バレー部の練習にも一日も欠かさず参加している。松本賢二副担任が7月5日と7月20日に裕太君に個人面談し、「学校生活で悩みはあるか?」と尋ねた時も、2度とも「ありません」と否定し、クラブ活動も「そこそこがんばっている」などと答えているのだ。

さおりの言動にも、我が子のいじめ被害に悩む様子は全くなかった。たとえば7月25日の学級懇談会で、他の保護者が立花担任の指導に対する不満を口にした時も、担任を擁護する発言をしている。

一方、裕太君が上級生からいじめにあっていたはずのバレー部に対しても、さおりはなんら苦情を訴えてはいない。それどころか、7月10日に行われたバレー部保護者会主催の壮行会（焼き肉大会）に裕太君と参加している。この時、さおりからも裕太君からも部内のいじめなどの話は一切出なかった。さらに、8月1日に開催された丸子実業高校の体験入学・体験学習に弟のまなぶ君が出席し、バレー部の活動にも参加している。

県の代理人である高橋弁護士は、準備書面でこれらの事実を列挙し、原告側の矛盾を突いた。

準備書面とは、法廷での口頭弁論に先立ち、その主張と根拠を記載して提出する書面である。

裕太君とさおりの当時の言動の詳細は、県教委こども支援課の丸山が細大漏らさずまとめた、事件を巡る時系列の記録によって明らかになった。この精緻《せいち》な記録に照らすと、原告の主張には、これ以外にもいくつもの矛盾が浮かび上がるのである。以後、この記録は、被告側の大きな武器となる。

原告側はこの反論に困ったのか、後の準備書面で主張を変遷《へんせん》させた。1回目の家出の後、さおりがバレー部内でのいじめや暴力について学校に伝えなかったのは、「裕太が9月5日に帰宅してから初めてさおりにその事実を知らせたからであり、それ以前にいじめおよび暴力がなかったということにはならない」

と言うのである。しかし、訴状では、1回目の家出の後、「原告が裕太に登校しない理由を問い質したところ、バレーボール部の部員に『嗄声』を真似されていじめられ、そのことが苦痛で耐えられない」と話したことになっており、辻褄《つじつま》が合わない。

校長の代理人の佐藤弁護士も、準備書面で反論を展開している。

裕太君自殺後、校長が記者会見し、「(1回目の)家出の原因が後日にわかったことなんですが、お母さんのお財布から2万円を抜いたと、それについて多分お母さんから相当怒られたのでしょう」と述べたことについて、さおりは事実無根だと主張した。このため校長は、殺人とともに名誉毀損の容疑で刑事告訴され、この民事訴訟においても同様に名誉毀損に問われていたのである。

しかし佐藤は、さおりが同様のことを立花担任と上野監督にしゃべっており、なにより裕太君自身が、05年9月26日に登校した際、担任の立花及び副担任の松本に対し、「前回の5月の家出は母から金銭上のことでかなり責められたから」と述べていた事実を明らかにした。

ただし「2万円」という金額は校長の勘違いである。裕太君が2度目の家出をした時、さおりは立花に、「シューズ代として渡した2万円を持って出たようです」と言っている。校長はこの時のさおりの発言を、1度目の家出の時のことだと錯覚してしまったのだ。

佐藤はまた、国家賠償法により、そもそも校長の責任を問うこと自体が認められないと主張する。校長が、生徒である裕太君や保護者であるさおりに対応したことや、マスコミに対して行った記者会見は職務上の行為であり、個人的に行ったわけではない。国家賠償法とは、公務員の職務遂行上の違法行為について、国または地方公共団体が賠償責任を負うとした法律で、過去、最高裁で同様に判断された判例が数多くある。

校長に対する提訴は、すでに定着した最高裁の判例に明らかに反するというのだ。

佐藤は、校長に対して行われた刑事訴訟の弁護人でもある。高見澤が提出した告訴状を一読した佐藤は、「ひどい」と思った。一体何がひどいのか。殺人罪にあたる部分を引用してみよう。なお、この告訴状には句点や改行がそれぞれ1か所しかなく読みにくいので、要旨ごとに句点で区切り、改行する。

〈（前略）被告訴人（校長のこと）は「うつ病」についてのこうした常識や知識をあえて無視して、全国で準優勝した同校バレーボール部における裕太へのいじめや暴行の事実を隠蔽《いんぺい》し、裕太には登校できない理由はないことにするために、平成17年（2005年）9月15日に裕太が医師の診断を受けた結果、「うつ病」を発症しており、その原因や症状として「本年8月30日学校生活のストレスから家出等の行動があり、発声困難、不安、めまい、腹部不快、顔面痛などの身体的症状と共に希死念慮も出現している」という内容の、平成17年9月15日付け診断書を受領しながら、同日付の書面で裕太の所属する「1年9組の現状説明」などを内容とする「保護者懇談会開催の通知」を発し、（中略）翌日これを強行して裕太の症状をさらに悪化させた。

さらに9月27日に診断を受けた結果、裕太の「うつ病」の状態がさらに継続しているばかりか、前記診断書の「希死念慮も出現している」という記載に加え、「今後も継続的な通院加療が必要であることを診断する」という内容の、平成17年9月27日付け診断書を受領しながら、その内容を無視して同年11月4日付けで、「欠席が今後も続いていきますと、欠席時数が規定を超え2年生への進級が極めて困難になります」という内容の文書に添えて、「欠課時数超過生徒への指導について」と「丸子実業高等学校の学習成績の評定・単位認定について」という文書を送りつけて裕太の症状をさらに悪化させた。

11月6日には裕太が治療と診断を受けた結果、病名は「神経衰弱状態」と変化し、症状や今後の見通しについて、「希死念慮も出現している」という記載に加え、「現在も精神状態は動揺傾向にあり、学業に服することは困難である。よって、当面の間加療継続を要することを診断する」という内容の、平成17年11月6日付け診断書を受領しながら、同月15日付けで、バレー部において暴行行為やいじめがあったことを認めつつも、「あまり欠席が増加しますと認定が厳しい状況ともなりますので、一日も早く登校できますように願っています」という内容の文書を送りつけてさらに裕太の症状を一層悪化させた。

11月21日には裕太と母親が詳しい経過と心情を綴《つづ》った手紙を送ったにもかかわらず、同月28日付けの書面で「11月4日にもお知らせしましたが、その後も欠席が続きまして欠課日数が11月28日をもって1/3の規定を超える科目が出て、2年生への進級が極めて困難になります。裕太君の一日も早い登校を願っておりますのでよろしくお願いします」という内容の文書に添えて、裕太に対する「欠課時数超過生徒の指導について」という文書を送りつけた。（中略）

自己の行為によって裕太を自殺に追いやる虞《おそれ》があることを予見しながら、12月3日には、あえて部下である教頭や担任教諭に命じて裕太に面会させて、裕太に対して登校するように約束させ、その結果、絶望と不安に駆りたてられた裕太を、12月6日自宅において、自殺に追いやり殺害した〉

佐藤は、いったいどうしたらこんな主張が成り立つのか大いに首をひねった。とりわけ疑問に感じたのは、「自己の行為によって裕太を自殺に追いやる虞があることを予見しながら」という部分である。

そもそもこの12月3日の話し合いは、県教委とさおりの協議の末に決まったもので、校長が部下である教頭に命じたものではない。話し合いはさおりの自宅で行われ、彼女ももちろん参加している。この場で、さおり自身が裕太君の登校を希望し、うつ病で神経衰弱状態のはずの裕太君も明るい声で、「5日から登校します」と約束したのである。

この話し合いが裕太君を自殺に追いやり殺害したことになるなら、話し合いに参加し、裕太君に登校を約束させた母親自身が殺人罪の共犯になりかねないではないか。つまりは、話し合いに同席した関係者全員（さおり、田中教頭、立花担任、県教委の職員たち、今井県議）の誰しも、登校を促すことが裕太君の自殺につながるなどとはまったく予見できなかったのだ。

またこの告訴状では、登校を促す校長の3通の手紙によって、裕太君はうつ病を悪化させたと主張しているが、この話し合いのなかでさおりは、この手紙について苦情を申し立てることも、裕太君の病状について話すこともしていない。

さおり側も県教委側も双方が、この話し合いの内容を録音しており、その録音テープを高見澤も告訴前に入手している。これをきちんと聴いていれば、「無理やり登校するよう約束させた」などという状況では全くなかったことがわかったはずだ。

さらに、校長が自校の生徒をなにゆえ殺害しなければならなかったのか。最も重要なはずの殺害の明確な動機が、この告訴状にははっきり記されていないのである。「全国で準優勝した同校バレーボール部における裕太へのいじめや暴行の事実を隠蔽し、裕太には登校できない理由はないことにするため」という記述はあるが、仮に、高見澤がこの部分を殺害の動機と考えていたとすれば、社会通念からかけ離れており、とうてい説明になっていない。

高見澤は、告訴状を丸子警察署に提出するに当たり、県庁で記者会見を開いたが、この席でも彼は、殺人の動機には明確に触れていない。代わりに、こう言っている。

「殺すという行為、普通は首を絞めたり刃物で刺したりということですが、必ずしもそういう有形力を行使しなくてもいいんだというのは刑法を勉強した者のイロハなのですが、こういう精神的な追い込みも殺すということに入る。殺すという意図目的・行為が校長にあったといえるのかというと、今日資料に付けておきましたが、『未必の故意』という、死ぬんなら死んでも構わない、死ぬかもしれないということで行為に走れば、それは未必の故意ということで刑法上故意になるわけです」

曖昧《あいまい》な表現ながら、いかにも校長がそう思ったかのような生々しい表現を選んで、殺害の意図を説明している。

これに対し報道関係者からは、「殺害の動機は何か」「殺人の実行行為は何か」といった核心を突く質問は出なかった。

そもそも、裕太君が自殺した当初、さおりは報道陣に向かって、「学校でのいじめや暴力が原因で自殺した」とはっきり言っているのに、この告訴状ではいつのまにか、自殺の原因は校長が裕太君に登校を約束させた行為ということにすり替わってしまっている。この矛盾について問い質す記者もいなかった。

高見澤には、過去のある成功体験があった。

02年2月、香川県香川町（現高松市）の無認可保育園で園児が乳幼児突然死症候群（SIDS）の疑いで死亡した。警察は事件性がないとして捜査を行わなかったが、高見澤弁護士は遺族から依頼を受けて園長の虐待《ぎゃくたい》を疑い、殺人罪で告訴したのである。これを受けて警察が捜査したところ、園長が日常的に園児たちに暴力を振るっていた事実が判明した。園長は起訴され、「未必の故意」による殺人と認定され、10年の懲役刑が確定した。

高山さおりは、裕太君の生前から、校長を始め、学校関係者、県教委の職員らに、口癖のように「人殺し！」を連発している。そして裕太君の自殺後は、高見澤に対して、「裕太は校長に殺された」と言っている。高見澤はこの言葉に、香川県の事件を重ね合わせたのではないか。告訴状提出に際しての記者会見でも、この香川県の事件を引き合いに出し、「自分の経験からしても、理論的にもこれ（香川県の事件）に該当すると考えて（告訴状を）提出させていただきます」と口にしている。

だが、両者の性格は根本から異なる。香川県の事件では、園長の暴行と園児の死亡とに因果関係があることが証明された。他方、裕太君の場合は自殺であり、こうした自殺に他人の意思がどのように介在し、どの程度の影響力を及ぼしたか、その因果関係を解明することは難しいはずである。

刑事告訴を受け、太田校長は丸子警察署と長野地方検察庁による取り調べを計9回も受けている。取り調べの多くは、校長の仕事の合間に学校で行われた。刑事や検事は礼儀正しかったが、職業柄か目つきが鋭く、校長にはそれが気になった。

「殺人なんてものはなかったことを証明するための資料作りですから」

彼らはそう言った。

一度だけ、丸子警察署に赴いて、そこの取調室で事情聴取に応じたことがある。取調官と相対して座った椅子《いす》には身体を拘束するベルトがついていた。「こんなところでごめんなさいね」と取調官は言ったが、不愉快極まりない。まぎれもなく自分が被疑者であることを思い知らされた瞬間である。

告訴された直後から、校長は外に出るのが怖くなった。自分が殺人罪で告訴されたことを大勢の人間が知っている。そう思うと、特に顔見知りの人間には会いたくなかった。前任校のある塩尻《しおじり》市に出かけた際、映画館のあたりで旧知のＰＴＡ会長に偶然出くわしたが、見て見ぬふりをされたと感じた。あるいは自分の思い過ごしかもしれない。しかし、校長は深刻な人間不信に陥っていた。

頭の中を占めるのは、万が一、起訴されてしまったらどうしようということである。それを思うと、いても立ってもいられない。佐藤弁護士も県の担当職員も、「そんなことはありえない」と言う。だが、殺人容疑で告訴されるというありえないことが、他でもない自分の身に起こったのだ。ありえない事態が再び起きないと誰が言えよう。どうしても最悪のことばかりを考えてしまうのだ。

当時、全国の教育現場で、原因は様々だが校長が相次いで自殺を遂げていた。自分もまかり間違えば……。それほど精神的に追い詰められていた。「私、太田さんの立場だったらとうに首吊《つ》ってるぜ」。校長会で他校の校長からこう言われたこともある。

とはいえ、このことばかりに気を取られているわけにはいかなかった。そもそも自分は、丸子実業高校を総合学科の高校に生まれ変わらせるという大きな使命を帯びて、この学校に赴任してきたのである。校長は、総合学科に移行した高校を見学したり、どこからどんな教師を登用するかを検討したり、地元の企業や大学と情報交換を行うなど、むしろ精力的に飛び回った。

全国的にその名を知られた野球の名門校「丸子実業」の名称も、総合学科移行に伴って変更されることになる。その理解を得るため、生徒、保護者、同窓会、運動部O

B、地域の企業や行政への説明も、校長の大きな仕事だった。
だが、どんなに仕事に没頭していても、自分が殺人罪で告訴されているという現実から逃れることはできない。絶えずそれが心に重くのしかかっていた。とにかく早くすっきりしたい。決着をつけてほしい。校長は、今か今かと長野地検の不起訴の決定を待った。しかし、その日はなかなか訪れなかった。


民事訴訟の場面に戻る。

山崎君とその両親の代理人である神田弁護士は、さおり側が有力な証拠のひとつとする裕太君直筆のメモを徹底的に読み込んだ。その結果、メモの書かれた時期、体裁、内容などから、「これはさおりが裕太に書かせたものであり、いずれも裕太の真意ではない」と断定した。

まず、このメモはすべて、05年9月10日以降、さおりと学校が対立状態に陥ってから書かれたもので、さおりがいじめにあったと主張する5月初めから8月29日までに記されたものはひとつもない。より正確に言えば、バレー部の上野監督が、裕太君へのいじめや暴力の有無について部内で調査を行い、山崎君が裕太君自身の声まねをしたと勘違いした9月8日以降の文章ばかりである。

裕太君が書いたとされる文章を紹介しよう。

〈家出をした理由　9／10　高山裕太

ぼくはバレーボールクラブの先輩から声が出ない事を気にしていたのにもかかわらず何回もぼくの声のかすれているのをまねてからかわれていました。それでも最初のうちは無視していましたが何回もされているうちにとても、心が傷ついていきました。

そして、文化祭を楽しみにしていて先生を好きで手伝いをしていたし、リレーの選手として走る事をとても楽しみにしていました。

その時に立花先生がぼくに製図の成績が《ママ》1だといきなり言われ、又それをお母さんに言えば悲しむとまで言われいつも先生は1を取ったら退学と言っていたのでもう学校に行ってもしかたないと思いました。お母さんにも悲しむと思い言えなくなり家を出ました。

一度は本当に死にたいと思ったし東京でも一人ずっとなやんでいました。でも今ぼくは家にいますが立花先生の言った事がまちがえと知り、クラブでいじめられなければバレーも学校にも行きたいけど立花先生のクラスはいやです。それと東京ではあそんでいません〉

これは、9月10日に、太田校長へファックスで送られたものと同じである。

この一例でわかるように、メモのほとんどは、その日にあったことを日記風に記録しておくというような体裁にはなっていないと神田は指摘する。文章の多くは、「クラブに対する気持」「今の気持」「休んでいた理由」「先生へ」「山崎先輩へ」などとタイトルがつけられ、一応、まとまった文体であり、学校や県教委など外部に公表する意図があったであろうことがうかがえる。

こうした文章以外に走り書きのような記述もあるが、これは、タイトルのついた文章と内容が重複する部分が多い。おそらく裕太君が事前に下書きをしたものと思われ、そのうえでさらに、タイトルをつけて清書したのだろう。

さおりは、裕太君が亡くなる前から、「裁判をする」「弁護士をつける」と言っており、当初から訴訟を念頭に置いていた可能性が高い。そのため、自分の主張を裏付ける証拠として使うために、裕太君に文章を書かせたのではないかと神田は推測する。実際にいくつかの文章は、学校や県の各機関、山崎君宅やその他の保護者宅に送付されている。

神田によれば、さらに問題なのは文章の内容で、事実に照らして明らかに矛盾していたり、裕太君の本心とは思えない記述がいたるところにあったりすると言う。

例えば、〈家出をした理由〉の中に、立花担任は「1を取ったら退学と言っていた」とあるが、立花がこのようなことを言った事実はない。ところが、さおりが9月11日に作成した文書にある、「私たちは担任から〝わたしのクラスは留年したものに自主退学をさせている〟と聞いていた」という内容とはほぼ一致するのである。

また、家出中の心境として、「一度は本当に死にたいと思ったし東京でも一人ずっとなやんでいました」とあるが、これは、裕太君自ら、バレー部の仲間の大林君と石橋君に語った内容と大きな開きがある。裕太君は、「カプセルホテルに泊まって、持ち金は5万円くらいで、ファミレスで過ごしてた。1週間ぐらいで帰るつもりでいた」と、東京での生活を、取りようによっては楽しんでいたかのような口振りだったのである（51ページ参照）。

〈家出をした理由〉に書かれている内容は、「公園のベンチで寝泊まりし、死を思いながら、カップラーメンを買って空腹をやり過ごしていた」というさおりの陳述書の記述と似通っており、この点でも、母親の主張に迎合しているようだ。

裕太君が書いたとされるもうひとつの文章を紹介する。

〈休んでいた理由について
ぼくが学校を休んでいたのは、家出が理由ではありません。山崎先輩にいじめられた恐ふしんや、バレー部の親にぼくといっしょにバレーをやるななどさまざまなことで不安で学校へ行けませんでした。

それと、いじめについて何も解決してません。その理由に、約束した謝罪文をくれなかったし、いまだにバレー部とは誰とも連絡もつかないし、きちんとこのことを解決すると言った教育委員会の人たちに、ぼくの言ったことは、全《すべ》てうそだと言い、教育委員会からはいじめの事実がないと聞きました。

本当に反省してるんであれば謝ってくれるはずで、謝ってくれないから本当に反省しているとは思えません。

高山裕太
平成17年12月2日（金）〉

はたしてこれは、裕太君の真意なのだろうか。裕太君は、長野県弁護士会の「子どもの人権救済センター」に相談に行き、担当弁護士に、「学校、バレー部に戻りたい。そのためには謝ってもらえばいい。謝罪文はいらない」と本音を漏らしているのである。また、05年9月26日に登校した際、山崎君から口頭で謝罪を受けた時、「いいよ」とすぐに山崎君を許している。謝罪文に強く固執していたのはさおりの方である。

実は、この〈休んでいた理由について〉と、先に紹介した〈家出をした理由〉とでは全く筆跡が異なる。〈家出をした理由〉は、非常に乱雑で拙《つたな》い筆遣いである。2度目の家出の時、弟のまなぶ君に宛《あ》てた「へやのものもらっていいよ」という書き置きや、遺書の文字とほぼ同一と認められる。

それに対して〈休んでいた理由について〉は、丸みを帯びたわかりやすい字で、文字を書き慣れた人の筆跡であることがわかる。

両方の文章とも本人の署名があるが、同一人物の署名がこれだけ異なるというのも奇妙と言わざるを得ない。

裕太君が書いたとされるメモ類には、この二つの筆跡が入り交っている。

裕太君と同じ中学出身のあるバレー部員が、「これは裕太の字じゃないよ」と指摘したものも中にはあった。

このように不可解な裕太君のメモだが、そもそも、いつ、どこで、どんないじめにあったのか、その具体的な状況はまったく書かれていないのである。訴状においてもやはり、この核心部分についての記載がない。

うつ病を発症するような執拗《しつよう》なからかい、嫌がらせがほんとうにあったのなら、その具体的な状況について当然裕太君がメモに書いているはずなのに、それがなく、ただ漠然と、「声のマネを何回もされた」「からかわれた」と訴えているだけなのだ。

「このように裕太の供述及び原告の主張が曖昧かつ抽象的であることは、そもそも被告（山崎）翔平の裕太に対するいじめは存在しなかったことを表しているものである」

神田はこう主張する。これに対して原告さおり側は、

「裕太が死亡してしまっており、本人の口からそれ以上詳細に聞くことが不可能である」「いじめられている子どもは、親に対しても、どのようにいじめられているかを具体的に話したがらないというのは常識」「いじめは陰湿に行われることから、いつ、どこで、どのような態様でということをこれ以上特定できないことは当然である」

と主張する。神田の反論はこうだ。

「確かに、いじめの被害者がいじめの事実を保護者にすら打ち明けず一人で抱え込んでしまうことはあり得るが、それは自尊心との葛藤《かっとう》からいじめられている事実それ自体を誰にも知られたくないとの気持ちから起こるものである。

ところが、本件では、故裕太は亡くなるまでの3ヶ月間、原告の主張によれば、故裕太自身もいじめを積極的に外部へ訴えかけて自分がいじめの被害者である事実を公表し続けていたことになる。このようにいじめの被害者であることを積極的に公表しながら、いちばん肝心ないじめが行われた日時・場所・具体的態様だけを秘したまま

自殺してしまうことは不自然である」

説得力があるのは果たしてどちらだろうか。


06年10月12日には、バレー部の部員たち25人の陳述書が提出された。その中でまず、マネージャーの井口君（2年生）の書いた文章を抜粋して紹介する。

〈5月31日の朝、バレー部員は裕太が家出をしたことを聞きました〉

〈僕は裕太が気にするといけないので、あえて家出の原因は聞かず、何事もなかったように振舞っていました。

この日以降、裕太はバレーボール部の練習に普段どおり参加していました。特に変わった様子はなかったと思います。

ただ、家出の後で、裕太の持っている携帯電話が以前の物と変わり、僕に「メールアドレスをもう一度教えてください」と言ってきたことがあります。（中略）僕が裕太に事情を聞くと裕太は「僕が家出したことをお母さんが怒り、お母さんから『家出するのに携帯なんかいらないでしょ！』と怒鳴られ、携帯を折って壊されてしまった」と答えました。僕は（中略）びっくりしました〉

〈8月31日ころ、裕太がまた家出をしたことを知りました。これを知って部員たちは、

もちろん心配はしましたが、5月に家出をしたことがあったので「また?」という雰囲気がありました〉

〈部員の中には黒岩先生から「何か知ってることはないか」とか「裕太はどうしたのかわからないか」と質問された人がいました。ただ、僕たちは裕太の普段の様子から家出するような理由に心あたりがなかったので「わかりません」と皆答えていました。ただ、何となく裕太の家出は母親との関係で嫌気が差したせいで、家にいたくないからだとうすうすわかっていました〉

〈9月11日、高山さんから、バレー部員の家にFAXが送られて来ました。高山さんが、バレー部を誹謗《ひぼう》中傷するような内容のFAXを送っているらしいことを知って、部内は騒然となりました。部員同士で「お前のうちには届いた?」とか「今度は誰の家に来るのか?」と言って心配しました〉

〈9月17日午後9時ころ、僕の携帯電話に裕太の携帯電話から着信があったので、僕は裕太だと思って応答しました。すると、その電話は高山さんからの電話で、高山さんは「山崎の母が虐《いじ》めてないと言い、謝りにもこない」と言いました。高山さんの声の調子が変で、僕は高山さんが普通の精神状態ではないと思いました。

その後、高山さんは電話を裕太に代わり、裕太が「虐められたり、謝りもしない山崎さんにクラブをやめてほしい、と山崎さんに伝えてほしい」と言っていました。裕太の声は、普段の話し声とちがって脅えたような声色でしたので、僕は高山さんから言わされているんだと思いました〉

これを皮切りに、井口君の携帯電話にはさおりから連日、日に何回も着信があり、メールが送られてきた。彼は、部員と顧問との連絡や部員たちのさまざまなサポートを務めるマネージャーだったため、2年生部員として唯一《ゆいいつ》、自宅の電話や携帯電話などの番号が連絡簿に載っていたのである。

〈9月24日、裕太と高山さんから6通のメールが届きました。

午前11時7分のメール、「どの大会でもイジメをする人間に出る権利はない！　だからあなたがたはみんなで山崎をかばい、隠して大会にでたならチーム全員の連帯責任と見ます。口先だけで裕太を心配したと嘘《うそ》をつくのはやめなさい。裕太は何も悪い事をしてない。山崎が学校やクラブの秩序を乱した。人を死に追い込み反省無い人間にチームに居る資格ない。真実に裕太を思うなら、山崎の居るクラブに裕太が行く事は針のムシロに行かせるのと同じだ」

午前11時46分のメール、「私は裕太が話した話をしてます。今回の事、被害を受けた裕太が山崎を許してもないし、私たちには山崎から詫《わ》びもなく、山崎の親から逆に誤《ママ》るどころか威張ってきました。あなた方は、みんな裕太を思うなら、なぜ助けてあげない？　何人かに助けを求めたと聞いたが助けてくれるどころか貴方《あなた》の態度をしり失望している」

午前11時52分のメール、「僕は本当に山崎先輩に嫌がらせされました。そのせいで心に傷が残って一生消えません」

午前12時7分のメール、「山崎先輩と話したいので山崎先輩のメルアド教えてください」

午後2時35分、「結局バレー部のみんなで加害者の山崎をかばい被害者の裕太には誰も助けないでいる。最悪集団だね。だからこんな事件が起きたんだ。2年生全員責任がある。暴力チームはどの大会も出場資格ないから」

午後2時38分、「高校生のスポーツ憲章に健全な心を養う事掲げてあるが丸子バレーは暴力集団だ！」〉

〈家出の後で、裕太が山崎の名前を出したせいで、山崎がひどい誹謗中傷され、2年生全員、高山さんのことが許せない気持ちでした。裕太も高山さんの言いなりになっ

て、バレー部や山崎を悪者にしており、どうしてなんだという気持ちになりました〉
〈その日（10月10日）、裕太が警察に暴行罪の被害者として被害届を出したことを知り、僕たちは本当に驚きました。僕たちは1年生全体に注意をしたつもりでいたので、そんな大きな問題になるなんて思っていませんでした〉
〈その後、裕太が自殺してしまったことを知りました。
僕は、裕太とお別れをするため、告別式に参加したい気持ちがありましたが、高山さんから何名かの2年生部員を名指しして告別式に来ないで欲しいという要請があったと聞き、僕の名前もその中に入っていたので告別式には参加できませんでした〉
〈僕もカウンセリングの先生と話し《ママ》をし、僕たちは何もしていないし、部内にいじめなんかないのにどうして、こんな展開になるのか、くやしくて納得がいかないというような話をしました。
　それから、このころ、山崎が「バレー部が悪く言われるのは俺のせいだ」とひどく気にして元気がないのも気になりました〉
　それでは、裕太君と同様、山崎君からハンガーで頭を叩《たた》かれた1年生部員たちはどう思っていたのか。裕太君から2度目の家出の理由を聞き出した大林君の陳述書から引いてみよう。

〈今回の訴訟で、高山のお母さんは山崎さんが高山をいじめたと主張しているようですが、僕は高山から山崎さんにいじめられていると聞いたことはありません。

確かに、バレー部の余興として山崎さんが高山のモノマネをしたことがありましたが、そんなことで高山が学校や部活に来れなくなったとは信じられません。

このとき以外に山崎さんが高山のマネをしたのを見たことはありません。

ハンガーで叩かれたことについては僕も高山といっしょに山崎さんから頭を叩かれましたが、大したことではないと思っています。

高山がこのときの山崎さんの行動を暴行罪だと本当に思っていたのか、信じられない気持ちです。

高山は暴行罪で被害届なんて出したくなかっただろうし、バレー部の部員の皆んなにＦＡＸで抗議なんてしたくなかったと思います。

高山は高山のお母さんのせいで学校に来れなくなり、バレーができなくなったと思います。高山は可哀想《かわいそう》でした。

バレー部の他のメンバーも僕と同じ気持ちだと思います〉

他の部員たちの記述も同様である。

〈裕太はみんなから好かれていたし、先輩からもかわいがられていた。いじめをされたり悩んでいる様子はなかった〉

〈みな非常に仲が良く、部内でいじめや暴力はなかった〉

バレー部以外の、裕太君のクラスの生徒全員への調査や教師たちへの聴取でも、裕太君へのいじめや暴力を見聞きした者はまったくおらず、裕太君本人からそのような話を聞いた者も存在しなかった。

部員たちの陳述書にはもうひとつ、注目すべき記述がある。裕太君の2度目の家出とその後の不登校の原因について答えた件《くだり》。

〈家庭の問題、母親のことが原因〉

〈僕は裕太の真実を知っています。母親が嫌いだから家を出たというのに間違いはないと思います〉

〈家庭の問題。そのような家庭の問題を丸子実業のバレー部に持ち込むこと自体間違っている〉

裕太君とさおりの不自然な関係に、バレー部員たちの多くが気づいていた。母子で一緒にいる時も裕太君はさおりと目を合わさず、母親を怖がっているようだった。

「あそこの家のお母さんおかしい。御代田町で有名だ」

裕太君と同じ御代田町出身のバレー部員は、さおりが地元で、とかくの噂《うわさ》になっているいる人物であることもよく知っていた。

第六章　反撃

防戦一方だったバレー部が反撃に転じたのは2006年10月31日のことである。上野監督夫妻、山崎君とその両親、その他の部員や保護者総勢30名が、「いじめの事実はないのに加害者であると決めつけられ、精神的苦痛を被《こうむ》った」として、さおりに対し、総額3000万円の損害賠償を求める訴訟を長野地裁に起こしたのだ。

この半年前、さおりが提訴した民事訴訟の第1回口頭弁論の直前に、バレー部保護者会は準備が整い次第、さおりを被告に慰謝料請求の逆提訴を行うことを、全会一致で決議していた。

もう泣き寝入りはしたくない。子供たちは丸子実業高校男子バレー部の一員としての誇りを持って生きているのに、その人生に泥を塗られるようなことがあってはならない。我々にやましいところはないのだから、積極的に闘って汚名を返上しよう。

全員がこの決意を固めて意気軒昂《けんこう》だった。

神田英子弁護士もその場に同席し、提訴に同意した。

ただし神田は、上野夫妻に覚悟も問うている。

「今はみな一枚岩ですが、長い裁判を闘ううちに一人抜け二人抜けして、最後にはご夫婦二人だけになってしまうかもしれない。それでも提訴しますか？」

それでもかまわない。最後まで闘い抜く。上野夫妻は即答した。

あんなにバレーを楽しんでいた将来ある少年が、どうして死を選ばざるをえなかったのか。勝ち負けとは別に、裁判で真実を明らかにして本人の無念を晴らしてやりたいという目的もあった。夫妻にとって、裕太君は今なお大事な部員のひとりだったのである。

しかしこの訴訟に、インターネットなどで、「加害者による逆恨み訴訟」「逆切れ訴訟」などと心ない言葉が投げつけられた。

加えて、ルポライターの鎌田慧が再び、「その後の長野県立丸子実業高校いじめ自殺事件　被害者遺族を訴えるのは〝奇襲サーブ〟ではないか」というタイトルのルポを「週刊金曜日」（07年1月26日号）に掲載した。

鎌田は、加害者側のバレー部の関係者たちが、悲しみのどん底にある母親に対して、

「名誉毀損《きそん》に値する」と逆に提訴したことを知って驚き、これは「前代未聞《みもん》である」と強く非難している。

鎌田は、例の裕太君〝直筆〟のメモと山崎君の「反省文」を根拠に、いじめがあったことは間違いないと決めつけている。しかし彼が、この時進行していた裁判に少しでも注意を向けていれば、これらの証拠の信用性が法廷で大きく揺らいでいることがわかったはずである。

鎌田は、バレー部の訴状を記事中に引用しているが、これも全文を読めば、母親の言い分が正しいと言い切ることに躊躇《ためらい》を覚えるはずだ。鎌田は、そんな疑問さえ抱けないほど、学校不信、教師不信で凝り固まっていたということだろうか。

こうした事件が起きるとマスコミは確かに、学校を追及する報道姿勢になりがちである。

しかし、ある全国紙の記者は、校長の記者会見を取材した時から半信半疑だったようだ。校長は、物まねのような行為があったことやハンガーで叩《たた》いた事実は認めている。だがその話は、さおりの主張する「死にたいと思うほどひどい」状況とはかなりかけ離れていた。校長は事実関係をしっかり説明しており、嘘《うそ》をつくような人物には見えなかった。そこでこの時点では、両者の言い分が食い違っているとしか判断できず、紙面にもそのように書いた。

また、記者会見終了後の校長の、物まねについての発言や薄笑いを浮かべたような表情がテレビ放映されたことには違和感を覚えたという。彼が見たところ、会見時、校長は苦しい立場に置かれており表情も硬めだった。ところが放映されたシーンは、長時間の会見後、わずかに表情が緩んだ瞬間だけを切り取ったもので、会見全体の実際の状況を反映していない。テレビ局の編集は極めて不適切だと感じたのだった。

「あなた方には信じてもらえないだろうけど、大変な母親だったんですよ」。記者たちにそう言いたくても言えないもどかしさと諦《あきら》めの気持ちが、あの緩んだ表情につながってしまったのだ。校長自身は当時の心境をこう分析する。記者たちは自分の話にしきりに頷《うなず》いていたが、結局のところカメラがねらいを定めていたのは、あの表情だけだったのだろう。

バレー部の保護者たちの記者会見を取材したある地元テレビ局の記者は、これはちょっと引いてみた方がいいのかな、いじめ自殺と決めつけられないのではないかと思った。保護者たちは記者会見の席上、事実を認めて真摯《しんし》に対応していたからだ。加えて、地元マスコミの大半は、母親の対応があまりにエキセントリックだと感じていたようである。

　上野たちはしかし、ネットでの非難や攻撃、マスコミの論調にももはや怯《ひる》まなかった。自分たちが最終的に相手にすべきは高見澤だと思い定めていたのである。そもそもの発端を作ったのはさおりだが、高見澤が彼女の代理人として登場したことで、事件がここまで大ごとになってしまったからだ。

　県・校長・山崎君とその両親を訴えたさおりを、山崎君親子を含むバレー部関係者が逆提訴したことにより、二つの民事裁判は弁論が併合されることになった。なお、双方の裁判によって原告、被告が入れ替わり紛らわしいので、裁判関連文書中の「原告」「被告」の記述には、できるだけ、「原告バレー部」「被告さおり」などと固有名詞を付け加えることとする。

　さおり側は、このバレー部の逆提訴に明らかに虚を突かれたようである。高見澤は答弁書や準備書面で、この逆提訴が「訴権の乱用《ママ》であり」「非常識極まりない」「いじめと暴力を隠そうとするバレー部員の人権意識のなさ」などと非難するものの、反証も示さない。

　たとえば、山崎君の物まねの真相に対しては、「バレー部員が悪智慧《わるぢえ》を出し合って作った、まさに偽装工作である」「3年生全員の謀議である」などと言い、バレー部員らが提出した陳述書についても、「その内容や表現の画一性から自主的に作成されたものとは思われず、証拠価値は皆無」といった具合だ。

高見澤は、校長やバレー部監督らがいじめを「隠蔽《いんぺい》した」理由について、強豪であるバレー部の名声と名誉を守るため、対外試合の禁止や大会への出場停止処分を免れるためと強調し、被告の主張は、「人命など紙切れ同然のように扱われた戦前の軍隊生活を彷彿《ほうふつ》とさせる」などと述べる。さおりの代理人になった当初から、高見澤は繰り返しこう主張してきた。

だが、これはあまりにも荒唐無稽《こうとうむけい》な論である。音楽が専門の校長は自らの経験からも、合唱や吹奏楽のクラブが全国大会を目指して厳しい練習を重ねるその心情を十分理解できる。同様にバレー部が、大会を勝ち上がっていくために猛練習を行なうこともよく理解していた。学校としても、できる限りの支援は惜しんでこなかった。

しかし、高見澤が言うように、学校と部活動が運命共同体にあるような感覚は一切持っていなかった。一部の私立学校の中にはそのようなところもあると聞くが、丸子実業は県立校であり、まして生徒の命と引き替えに、特定の部の名誉を優先する学校など、どこを捜してもあるわけがない。

上野は上野で、部活動としてのバレー部は、試合での勝ち負け以前に人間教育を施す場であると考えていた。だからこそ、さおりから「バレー部のことをつかんでいる」と言われた時、ただちに、「裕太君に対していじめやからかいがなかったか、どんな小さなことでも報告しろ」と、部員たちに徹底的な調査を行ったのである。いじめがあったとしても、隠蔽する気などさらさらなかった。

原告さおり側がいじめの根拠として挙げていた、いわゆる「山崎君の反省文」については、確かに誤解を招く点がある。山崎君は、教師の求めに応じてこの反省文を何通も書いているが、ここでは、05年9月13日に書いた文面を紹介する。他の反省文も、言いまわしを多少変えているだけで、内容はほぼ同じである。

〈まず高山のモノマネをしてしまった事について本当に悪い事をしてしまったと思っています。高山がコンプレックスに思っている事を考えずに、軽い気持ちでモノマネをしてしまいました。

高山のモノマネをしてしまった時は、「イジメよう」とか「嫌がらせをしよう」という気持ちは無かったけれど、その時に、先輩である自分が高山の気持ちや感情などを一番に考えて、行動すべきでした。実際、高山にイジメられたと思わせてしまった事は凄《すご》く反省しています。

これからは人と接する際には、相手が嫌だと思っている事や、コンプレックスを感じている所には、相手の気持ちを考え、行動していきたいと思います。また、学校生活や、クラブ活動の面でも今回の事を教訓に、良い人間関係を築き、チームワークは日本一と言われるようなバレー部にして行きたいです。

今回のモノマネの中から、自分がこれから生きて行く上でとても大切な事を学んだので、今後の生活に生かし、だれよりも敏感になって、大人の行動をとれるようにしたいと思います。

早く裕太が戻ってきて、また一緒にバレーをやって、そして一緒に春高や、インターハイを目指して、頑張っていきたいと思います。また、裕太が戻ってきたら、私生活や練習などでも良きチームメイトの一員として、やっていきたいと思います〉

神田は準備書面の中で山崎君の物まねの真相を明らかにし、それは裕太君の声まねではなかったと断言している。しかしこの反省文には「高山がコンプレックスに思っている事を考えずに、軽い気持ちでモノマネをしてしま」ったとあり、一読すると裕太君の声まねをしたかのようである。原告側もまさにこの部分を捉《とら》えて、声まねは事実であると主張している。

真相は、第三章に記したとおりである。

山崎君自身はいじめをした覚えはまったくなかったものの、裕太君の不登校に教師たちが困り果てているのを見て責任を感じていた。そこへ、反省文を書けば裕太君が登校できると教師から聞き、「この文章が外に出ることはないから」とも言われていたため、とにかく自分が書けば騒ぎが収まるだろうと思った。そして、どうせ書くからには、できるだけ強い反省の気持ちを込めた方がいいと思い、「高山がコンプレックスに思っている事を考えずに」と入れてしまったのである。

いったい何が目的でさおりがここまで多くの人を糾弾するのか、山崎君にはわけがわからなかった。攻撃のターゲットは最初は担任の立花先生で、そのうちバレー部になり、そして最後は、「えっ、おれ？　なんで」と信じられない気持ちだった。本音を言えば、保護者ひとりになぜ、県教委や学校は何も言えないのだろうと疑問に思ったのも事実だ。でもそうなれば、今度は母親の攻撃の矛先が裕太君に向かうからなのかなとも考えた。

勝利を確信していたはずがにわかに雲行きが怪しくなり、高見澤はもはや、自分ひとりでこの裁判を闘うのは荷が重いと判断したのだろうか。06年11月下旬、新たに3

人の女性弁護士が高山さおりの代理人に加わった。東京弁護士会の米倉洋子、同じく小笠原彩子《さいこ》、横浜弁護士会の関守麻紀子である。

裕太君の一周忌に当たる06年12月6日、さおりは新たな訴えを起こした。県教委こども支援課の丸山と佐久警察署の警察官・沢田寛（仮名）を、名誉毀損と地方公務員法違反の容疑で刑事告訴したのである。佐久警察署は御代田町を管轄《かんかつ》し、そこに勤務する沢田は生前の裕太君と母親のさおりをよく知る人物である。

裕太君が亡《な》くなる2か月ほど前の05年9月末、裕太君の不登校と母親のさおりの学校攻撃に対処するため、関係者連絡会議が開かれたことはすでに述べた。この会議に、県教委の担当者として丸山が、佐久警察署の担当者として沢田が出席していたのだ。その際、沢田が、ある情報をもたらした。

「高山さんはまったく同じようなトラブルを3年ほど前に起こしていて、保護ケースとして取り扱ったのですが、措置入院には至らなかったんです。次々と攻撃のターゲットを変え、『死ぬ、死ぬ』と騒いだり、あらぬ話を作って大騒ぎをするんですよ。以前から地元では、精神状態を心配する声があり、地元住民は困っていたんです」

彼の話に一同は驚き、さおりの常人には理解しがたい言動や、異常ともいえる被害者意識、その裏返しのような他者への激しい攻撃性は、今に始まったことではないと知った。

ところがさおり側は、この発言が虚偽であり、さおりへの名誉毀損と、職務上知り得た秘密の漏洩《ろうえい》に当たるというのだ。高見澤が作成した告訴状にはこうある。

〈あたかも「措置入院騒ぎ」があったかのような虚偽の事実を述べて、もって虚構の事実を公然と摘示し、告訴人の名誉を毀損した〉

さおりの「措置入院騒ぎ」とは、彼女が2番目の夫と結婚していた当時、この夫が、沢田ら佐久警察署員の付き添いのもとにさおりを病院の精神科に受診させ、措置入院ができないかどうか医師に相談したことを指している。この時医師は、「精神病とは認められず、措置入院はできない」が、「人格障害の疑い」と診断した。ただし、1回だけの受診であるため確定診断ではない。

一方、丸山への告訴理由は、この沢田の発言を報道関係者などに知らせたばかりか、県教委に提出した陳述書に沢田の発言を記載したことが、同じく、職務上知り得た秘密の漏洩と、さおりへの名誉毀損に相当するというものだ。

この二人への告訴に対し、当時の長野県教育委員会教育長・山口利幸は、長野地方検察庁上田支部に上申書を提出し、その不当性を次のように訴えている。

長野県は原告の訴えに応訴して争っており、この陳述書は長野県側の証拠として提出されたものである。つまり丸山は、上司からの職務命令に従って陳述書を作成したのであり、地方公務員としての正当な職務行為である。警察官の沢田にしても、職務上、関係者連絡会議に出席し、発言は関係者のみに限ったもので、「秘密を守る義務」に違反したとはいえない。加えて丸山が、沢田の発言を報道関係者などに知らせたというが、どこのだれに知らせたのか、具体的な記載が告訴状にはないとし、〈このように、確たる事実に基づかずに、地方公務員法等に基づき職務を遂行した職員を告訴することは、告訴権の濫用《らんよう》と解されます〉

と強く抗議した。バレー部がさおりを逆提訴したことに対し、高見澤が「訴権の乱《ママ》用だ」と怒りを露《あらわ》にしたのは、わずかひと月余り前のことである。

告訴のねらいは、さおり側に不利な証拠を多く握っている丸山たちへの牽制《けんせい》だったと見られる。そうだとしたら、高見澤は刑事告訴をあまりにも軽く考えてはいないだろうか。〝人権派〟と呼ばれる彼は、訴える相手にも人権があることをいったいどう考えているのだろうか。

06年後半から07年にかけて原告さおりと被告が激しく争ったのが、佐久児童相談所に存在する裕太君の記録開示の可否だ。きっかけは、被告長野県が、佐久児童相談所に対して文書提出命令を申し立てたことにある。

丸子実業高校では、さおりからの激しい学校攻撃と謝罪要求が始まっていた05年9月から、県教委こども支援課の助言で、児童相談所と、事態収束に向けての相談や情報交換を行ってきた。その後裕太君は、丸山たちの働きかけで、同年11月半ば頃から児童相談所に単独で来所するようになった。その際、母さおりに対する気持ちを相談員に打ち明けていた可能性が高く、生前の裕太君の真意を解明する重要な鍵《かぎ》になるため、長野県は記録の開示を求めたのである。

これに対し高見澤も、当初法廷で、「私も真実が知りたいので児童相談所の開示に同意する」と述べていた。ところがその後一転して、強硬に反対するようになった。審理の過程で、佐久児童相談所が県教委、丸子実業と早くから連携し、母子分離まで計画していたことを知って驚いたからだ。

原告さおり側は、県教委や学校が、裕太君の〝直筆メモ〟や、裕太君がうつ病だとした診断書を児童相談所に一切見せなかったのは非常に問題であり、そうした一方的な情報に基づいて作成された児童相談所の記録は不正確で信用できないと主張するようになった。県教委、学校、児童相談所はグルだという言い方さえしている。

例えば、05年11月24日、佐久児童相談所で裕太君を担当していた相談員がこども支援課の丸山に伝えた裕太君の言葉、「一時保護の期間を学校への出席扱いにできないか。母親にわからないように、上野監督と立花担任に連絡を取る方法はないか。手紙や電話、メールだと母親に知られてしまう」に対して、原告さおり側は激しく反発した。

「このような言葉が裕太から出たということは絶対にあり得ず、全くの虚偽の作文と言わざるを得ない」

と主張し、仮にそのようなことを裕太が言ったというのなら、それは関係者が児童の秘密を漏らしたことになり、守秘義務違反に当たると息巻いた。そして、このいきさつを準備書面に載せた神田弁護士をこう威嚇《いかく》した。

〈児童相談所の相談員にあって、このような内容のことを聞き出したということであれば、同弁護士はその相談員を教唆《きょうさ》して守秘義務違反を犯させたことになり、佐久児童書の担当者とともに児童福祉法61条によって訴追され、処罰を免れないことはいうまでもない〉

しかしこれは原告さおり側の早合点である。神田は、長野県が裁判所に提出した文書提出命令申立書に添付された「児童相談所との連携経過」一覧表と、こども支援課の丸山が県教委に提出した陳述書の中にこの事実を見つけて準備書面に引用したに過ぎない。

県やバレー部側には、記録の開示を強く望む理由がもうひとつあった。佐久児童相談所には、今回の事件より前に裕太君に関する記録が存在していたのである。03年8月27日、第三者機関から14歳の裕太君に対して要援護児童通告（要保護児童通告と同意）がなされていたのだ。これは、長野県の文書提出命令に応《こた》えて、佐久児童相談所の記録のごく一部が開示されたために明らかになった。

要保護児童通告とは、児童福祉法第25条により、要保護児童（保護者のない児童、保護者から虐待《ぎゃくたい》を受けている児童、身体的・精神的障害が認められたり、行動に問題のある児童）を発見した者は、市町村、都道府県の設置する福祉事務所や児童相談所に通告しなければならないという決まりである。

この通告を一体だれが、裕太君のどのような状況を案じて行ったのか、より詳しい記録が開示されれば明らかになる。しかし、この記録を含めて全《すべ》ての開示をさおり側は拒んだ。

一連の原告さおり側の態度はあまりに不可解である。我が子が生前、第三者になにごとか打ち明けていたとしたら、その内容をなんとしてでも知りたいと思うのが母親であろう。ましてや裕太君は自殺したのである。我が子が何に悩み絶望してこの世を去ったのか、児童相談所の記録からその真相を知る手掛かりが得られるかもしれないのだ。なぜさおりは、この開示に強く反対したのか。

「それは、故裕太を精神的に追い詰めていたのがほかならぬ原告自身であることを承知しているからではないかと疑われる」

こう指摘するのは、山崎君親子とバレー部の代理人を務める神田である。

原告さおり側の強硬な拒否を受けてバレー部の保護者会は、記録開示を求める署名活動を、学校の地元の丸子町（当時）や上田市、御代田町で開始した。07年1月末のことである。神田弁護士が偶然入った上田市の居酒屋にもこの署名用紙が置かれており、「ぜひ署名してあげてください」と店の主人から頼まれて、神田は内心、苦笑した。

この署名用紙には、署名活動の趣旨を説明する一文が付いていた。一部を引用する。

〈私達は裕太君が生前最後に身を委《ゆだ》ねた児童相談所に彼が何を相談したか、何を求めたかの記録の開示を求めたいと望んでいます。（中略）しかしながら母親と代理人は児童相談所さえも県や学校とグルであるとか、プライバシーの保護を楯《たて》にそれを拒否していますす。九月から殆《ほとん》ど外部と接触できず、絶対的な母親の支配下にあった裕太君の真実の声さえ母親と代理人は闇《やみ》に葬《ほうむ》ろうとしています。

私達は「いじめ」を隠匿《いんとく》するつもりはありません。隠匿する事は将来のある我が子らにとって少しもためにならないからです。しかし、思い込みや作為でいじめの加害者という汚名をきせられた子供達の名誉を守ると共に、本当は学校が好きで、バレーもその仲間達も大好きだった裕太君がうかばれる様真実を明らかにしたいのです〉

署名は、特にさおりの地元の御代田町で協力する人が多く、最終的に1万3000名にも達したが、結局、母親であるさおりの同意が得られず、記録開示は見送られた。だが、母親自身が真相の解明を阻《はば》むという不可解な行動が、裁判においてさおりに不利に働いたであろうことは想像に難くない。

原告さおり側は、口頭弁論の回を重ねても新たな証拠を提示できず、いじめの目撃者を一人も見つけ出すことができなかった。従来のいじめ裁判と比較して類のないことである。

他に打つ手がなくなったのか、文部科学省が07年1月19日に公表した新たないじめの定義や提言、いじめに対する学校や教育委員会の取り組み方などを長々と引用し、この定義に照らして被告側の主張は誤っていると主張する。

さらに、匿名の人間がインターネット上に書き込んだ丸子実業高校やバレー部への批判まで、〝証拠〟として提出している。これらの書き込みの中には、さおりと関係者しか知らない、彼女自身がずっと執着してきた主張の詳細な部分が記されたものもあった。それは、いままでメールやファックスで抗議をしてきた彼女の文章と瓜《うり》二つだった。

追い込まれた原告側が、形勢逆転の切り札として07年5月10日に提出したのが、児童精神医学の権威とされる石川憲彦医師の意見書である。

学校側の登校刺激がうつ病を悪化させたことはいうまでもなく、登校の約束をするということは医学的には無謀な事態で、死のきっかけになったとしてもまったく不思議ではない。石川は、裕太君をうつ病と診断した精神科クリニックの診断書に基づいて、このような見解を述べた。

高見澤は当初、診断書を書いたクリニックの医師を直接、原告側の証人として出廷させるつもりだった。しかしこの医師は、「診断書に書いたことが全てだ」として、それを断った。そこで代わりに、石川に意見を述べさせたのである。

原告さおり側は、この石川の意見書を根拠に、太田校長、前島、丸山たち県教委の関係者は、裕太君が希死念慮を伴ううつ病であることを終始一貫独断により否定し、うつ病患者に対して取るべき適切な対応を怠ったと主張した。すなわち、主治医に相談することもしないまま、いたずらに留年の不安を募らせ、登校刺激を与え続けたことにより、裕太君のうつ病を重症化させ、自殺に追い込んだというのだ。

しかし、そもそも裕太君は本当にうつ病だったのだろうか。

本来、うつ病の確定診断は、十分な時間をかけて慎重に判断しなければならない。ましてや裕太君は思春期の少年である。思春期の子供のうつ病の確定診断に当たっては、まず心身両面や社会とのつながりなど、多方面からの聞き取り、観察、理解が必要である。なおかつ、保護者との関係にも留意し、親子と十分なコミュニケーションをとりながら、ある程度の時間をかけて診断すべきものである。

ところが、裕太君を診察した医師は、初診でなおかつ40分という短い診察時間でうつ病と確定診断している。そのうえカルテには、うつ病と診断した根拠が示されておらず、どのような治療を指示したのか、その記載もない。

さらに、これはさおり側の問題だが、裕太君がこのクリニックを受診したのは05年9月15日、9月27日、11月6日の3回だけである。裕太君の症状は「希死念慮」を伴うほどの重症で、毎週通院する予定になっていたのに、予約日には一度も来院していない。にもかかわらず、来院のつど診断書が作成されている。診断書をもらうためだけに受診したのではないかと疑われても致し方ないだろう。

たとえば9月15日の診断書は、裕太君親子の件で学校側が16日に保護者会を開くことを決め、その開催を通知した当日に受診したものだ。9月27日付の診断書は、裕太君が登校を再開して2日目で早退した当日のものであり、11月6日付の診断書は、校長の手紙が届いた日に受診したものである。この日のカルテには、「診断書がないと休学を受理出来ないということで希望」と書かれている。

要するにこれらの診断書は、裕太君が登校できない理由作りと、いじめや暴力が確かに存在したとする証拠固めのために必要だったのではないだろうか。

07年10月4日、さおりに刑事告訴されていた県教委の丸山と佐久警察署員の沢田が、「嫌疑なし」で不起訴処分となった。

実はこの日、やはりさおりに告訴されていた太田校長にもようやく、不起訴処分の知らせがもたらされた。長野地検上田支部は、裕太君に対する殺人容疑について「罪とならず」、名誉毀損容疑については「嫌疑不十分」と認定し、不起訴の理由を、「実行行為性がなく、殺人に当たらない」としたのである。

これに先立って、同年5月2日、校長の弁護人である佐藤芳嗣弁護士は、長野地検上田支部に意見書兼上申書を提出。告訴の不当性を訴え、一刻も早い不起訴処分を求めていた。

その佐藤弁護士から知らせを受け、校長は当然の決定だと思ったが、やはりほっとした。これでようやく肩の荷が軽くなった。ただ、名誉毀損罪について「嫌疑不十分」とした判断には納得がいかなかった。殺人罪と同様「罪とならず」として欲しかった。まっさらな、一点の曇りもない認定をしてもらいたかったのだ。

告訴されてからの1年と9か月は、とてつもなく長い時間に感じられた。不起訴の決定が下されるまでこんなに時間がかかったのは、さおりが、検察からの再三の呼び出しに応じなかったからだ。これには高見澤弁護士も頭を抱え、出頭するよう懸命に説得したが、さおりは頑として受け付けなかったようである。

人一人を殺人罪で告訴しておいて、検察の呼び出しを拒否するとはいったいどのような了見なのか。校長はあらためて深い憤《いきどお》りを覚えた。

第七章　悪魔の証明

バレー部の上野監督夫妻は1回も欠かさず裁判を傍聴し、自分たちが優勢になりつつあることを実感してはいた。しかし、法廷の場で速やかに真実が明らかになると期待していた分、少なからぬ失望も味わっていた。

まず、裁判のスピードである。口頭弁論は3か月に1回のペースなので、判決がいったいいつになるのか見当もつかなかった。

だが、それ以上にこたえたのは原告さおり側の態度である。法廷という公《おおやけ》の場でよくここまでうそがつけるな、と呆《あき》れるほど原告側の主張はでたらめだった。そして、事実に基づいたこちらの主張を、ことごとく悪意にねじ曲げて解釈する。

とりわけ憤りを覚えたのは、1回目の家出の時、上野やバレー部の部員たちが裕太君を探して走り回ったことを、原告側が、部内でのいじめを隠蔽《いんぺい》し、口止めするためだったと主張したことだ。子供たちは裕太君の安否をとても心配しており、見つかった時には心から喜んだのだ。そうした気持ちを踏みにじる原告側の虚言を許すことはできなかった。

「田舎の学校の体質」とか「悪《あ》しき体育会系の慣習」とか、いかにも自分たちを見下したような高見澤弁護士の物言いにも傷つき、時には絶望的な気持ちになることもあった。それでも、裁判官は正しく判断してくれるだろうと望みをつないではいたが――。

さおりは、06年4月28日の第1回口頭弁論に出廷した後、法廷にはほとんど姿を現さなかった。報道関係者の姿もめっきり減り、足繁《しげ》く傍聴に通っていたのはバレー部の保護者数人と上野監督夫妻だけだった。妻の京子は、自分たちに向ける高見澤の眼《まな》差《ざ》しが気になった。まるで犯罪者を見るような目つきに思えたのである。

裁判が進むにつれ、明らかにさおり側が劣勢になっているはずなのに、高見澤は見かけだけは自信満々である。よく通る声と派手な身振り手振り。いかにもベテランの弁護士らしい貫禄《かんろく》で法廷を威圧した。

そうした態度を見るにつけ、裁判など初めてのバレー部関係者はどうしても萎縮《いしゅく》してしまう。なにか隠し玉を持っているのか、また、とんでもないうそを言ってくるんじゃないかなど、さまざまな不安がよぎるのだ。

裕太君の自殺と、その後のいじめ報道は、丸子実業バレー部のOBやOBの保護者にも大きな動揺を与えた。だが、上野たちバレー部の顧問や保護者会が事の次第を丁寧に説明し、「いじめや暴力など全く事実無根のことです」ときっぱり否定すると、納得してくれた。その結果、多くの寄付金が集まることになった。

「勝てるのか？」

「いや、絶対に勝ってほしい」

バレー部全員の強い期待を背負った代理人の神田は、心身ともに強い重圧にさらされていた。たった一人で30人の依頼者を取りまとめ、彼らの不満や苦情に対処しながら、裁判で使う膨大な書類を作らなければならない。県関係者や学校との対応、それにマスコミ対応も重要な仕事だった。また、従来の顧客から、「なぜ、いじめの加害者の代理人になるのか」と非難され、仕事を打ち切られたこともあった。さらに、インターネット上でも槍玉《やりだま》にあげられてしまう。

だが、なんといっても大変だったのが、バレー部の期待に応《こた》えることだった。

原告さおり側の立証不十分という理由で勝訴したとしても、疑いが晴れたとはいえない。いじめは存在しなかったという積極的な証明こそが必要だ。神田はそう考えていた。しかし、存在しないことを証明するのは至難の業だ。「悪魔の証明」と言われるゆえんである。

そこで、証拠集めのために奔走したのが上野京子である。彼女はさおりと同じ御代田町の出身だったので、まず、親族や知人に当たって情報を集めていった。

さおりはひと頃、御代田町に10ぐらいあったママさんバレーチームを転々としていた。所属したチームでトラブルを起こしてやめざるを得なくなり、別のチームに移るとそこでもまたトラブルを起こすということを繰り返していたのだ。さおりのトラブルのせいで、廃部に追い込まれたチームまである。

彼女が責任者となって立ち上げたチームもあるが、試合の申し込みをしていても連絡もなしに棄権する。「ママさんバレーボール連盟」の加盟チームは原則として、他のチームの試合の際にも審判やラインズマンなどの補佐を行うことになっているが、一切しない。見かねた連盟の役員が彼女に注意したところ、インターネットで悪口を書きこまれた挙句、「裁判に訴えてやる」などのいやがらせを受けた。

上野京子は、さおりのチームメイト、裕太君が所属していた小学生バレーチームと中学校のバレー部の保護者たち、さらに、近隣の住民などから直接話を聞いて回った。

さおりは、自分が気に入らないことがあると執拗《しつよう》に他人を攻撃する。その人が降参するまで攻撃をやめない。自分を正当化するためには手段を選ばず、事実でないことも大げさに吹聴《ふいちょう》する。次々に攻撃のターゲットを変える。口癖のように、「死んでやる」「訴えてやる」「私には優秀な弁護士がいる。お前は負ける」などと脅迫じみたことを言う――。話の内容はみな共通していた。

彼らの話を聞きながら、京子は思わず天を仰いだ。バレー部が被《こうむ》ったことと全く同じではないか。

しかし京子が一番心を痛めたのは、裕太君が所属していた小学生バレーチームの関係者からのこんな証言である。

「裕太君は小学校の頃、食事や入浴を満足にさせてもらえず、ネグレクト（養育放棄）状態だった。見かねて、同じチームメイトの保護者がおにぎりを作って裕太君に持って行ったり、自宅に連れて来てお風呂《ふろ》に入れてあげたりした。さおりから、『邪魔なんだよ』と蹴《け》られたり突き飛ばされたりするところをよく見た」

さおりはこの小学生バレーチームでも、保護者が持ち回りで行う当番にまったく加わらなかった。にもかかわらず、監督が出張などでいない隙《すき》に現われ、頼まれもしないのに監督席に座って選手に命令するなどして、みなの顰蹙《ひんしゅく》を買っていた。

その裕太君が所属していた小学生バレーチームの総監督で、一時、ママさんバレーチームの監督も務めていた男性が当時のことを話してくれた。ちなみにこの男性は、長野県の小学生バレーボール連盟のまとめ役として、地域の人望を集める人物である。

「さおりは、ママさんバレーチームに入っていた時、気に入らないチームメイトを、『家に火をつけるぞ！』と脅したことがあり、脅された人が佐久警察署に相談に行ったほどです。『誰それは、練習が終わった後飲みに行っている。処分しろ！』と教育委員会に言いつけたこともあり、トラブルが絶えませんでした」

やがてさおりは、当時、この男性が指導していた小学生バレーチームに、「子供たちを入れたい」と言って、裕太君と弟のまなぶ君を連れて来た。

「裕太君はいい子でした。ただ、お風呂に入れてもらっていないのか臭かったり、ずっと同じ服を着ていたりしたことがあり、他のお母さんたちが心配していました。私も何度かさおりに、『だめじゃないか、ちゃんと世話をしろ！』と注意しましたが、『はーい』と返事だけよくて改まらなかった。裕太君はさおりから怒鳴られることもあり、あの頃から母親を怖がっていたと思います」

だから、今回の事件が起こり、テレビのワイドショーなどでさおりがしゃべっているのを聞いても、彼女の言葉を信じる気には全くなれなかったという。

「あんなにいい子が、なんで自殺に追い詰められたのか。これは学校のいじめではなく、母親のいじめに他ならないと思いました。私だけでなく、さおり親子をよく知っている人のほとんどは私と同じように思っていますよ」

バレー部が、児童相談所の記録開示のための署名活動を行った際、特に御代田町の住民からたくさんの署名が集まったのには、こうした理由があったのだ。

「頑張って。応援しているから」

京子は、多くの人からそう激励を受けた。

だが、証言をしてくれた人たちに「改めて公の場で話をしてほしい」と頼むと、ほとんど断られてしまった。彼らはさおりからの報復を恐れていたのだ。

06年夏頃、京子は、さおりが元夫と裁判で争っていると聞きつけた。京子から報告を受けた神田弁護士がさっそく調べると、確かにさおりは離婚した2番目の夫の小島雄二(仮名)から訴えられている。

小島は、自分所有の動産をさおりが無断で処分したことに加え、夫婦の婚姻関係が破綻《はたん》したのは、さおりの度重なる自殺騒動や家事怠慢によるものであり、多大な精神的苦痛を被ったとして、04年2月、さおりに約600万円の賠償を求める民事訴訟を長野地裁佐久支部に起こしていたのである。これに対しさおりは、小島の執拗な暴力によって婚姻関係が破綻したとして反訴していた。

07年7月に判決が言い渡され、元夫側の完全勝訴となると、神田弁護士はさっそく判決文を入手した。その後、長野地裁に文書送付嘱託を申し立て、佐久支部から訴訟記録一切の提供を受け、08年1月31日、証拠として提出する。

神田は当初、離婚訴訟という個人的なトラブルに関する記録を用いることにためらいがあった。単なる人格攻撃と受け取られかねないからだ。しかし記録を読むと、さおりの日頃の言動や家族との接し方がわかり、彼女本来の性格を立証できるため、証拠価値はあると判断した。

裁判記録に初めて目を通した上野京子は、なかなか読み進むことができなかった。

裕太君がこんな環境のなか、どんな思いで育ったのかと思うと涙が込み上げてくるのだった。裕太君はなぜ本当のことを言ってくれなかったのか、と苛立《いらだ》ちを覚えることもあったが、これを読む限り、この母親に逆らうのは不可能なことだと悟った。

小島は当時、大手企業のサラリーマンで、インターネットの出会い系サイトでさおりと知り合い、01年12月に結婚した。裕太君とまなぶ君はさおりの最初の夫との子供であり、さおりのたっての希望で、結婚と同時に養子縁組をしたのである。

結婚当初、小島は東京勤務だったため東京の社員寮で生活しており、しばらくは週末だけ御代田町のさおりの家で過ごしていた。彼女が、子供たちの転校は避けたいからと東京に引っ越すことをいやがったためだ。

そのうちさおりから、会社に頼んで長野勤務に変えてもらえと矢のような催促が始まった。小島も会社に掛け合ってようやく異動がかない、02年の12月から御代田町の家で同居するようになったのである。

しかし、その頃にはすでに諍《いさか》いが絶えなくなっていた。彼の陳述書から引用する。

〈例えば、食事の後、私が台所で食器を洗っていると、いつのまにか傍に来ていた被告が、突然大きなため息をつき、聞きとれないくらいの小さな声で愚痴らしきことをしゃべり始め、「これ飲んだら死ねるかな」と手にした何か錠剤らしき物の入った小瓶を私に見せます。私が「なにバカなこと言ってるんだよ」と言うと、被告は突然大きな声になって「生きていたくねえんだよ」「てめえのせいでな」等怒鳴り始め、だんだんと声が大きくなっていき、最後にはキャーと叫びました。

被告（さおり）はこの「発作」としか言いようのない状態に口論の度になりました。

（中略）私がたしなめたり反論したりすると、被告は火がついたように突然豹変《ひょうへん》し、まるで正気を失ったかのように大声で矢継ぎ早に私に悪口雑言を浴びせかけます。この「ヤクザ調」としか言いようのない口調になると、被告の目は座《ママ》ったまま、まるで鬼のような形相で顔を真っ赤にし、我を忘れたように私に悪態をつき、「私は間違っていない」「悪いのはお前だ」「お前が土下座しろ」と叫び続け、終《しま》いにはキャーと獣のように叫びます。

辺りのものを手当たり次第に床に叩《たた》きつけたり、壁に向かって投げつけたりすることもしばしばですし、2、3回に1度は包丁やはさみ、ボールペン等周囲の鋭利な部分のあるものをつかんで被告自身の胸に向けました〉

〈被告は、私が被告の意見に同調しないとすぐに「自殺してやる」「死んでやる」と口にしました。「意見否定されるの大嫌いなんだよ」が被告の口癖で、私に執拗に謝罪を求めました。

例えば、私が「いや、そうは言うけどさ」と言っただけで、キッチンに駆け込んで包丁を手にしたり、ベランダの手すりに縄をくくりつけて首をつる真似《まね》をしました〉

小島は、さおりとのやりとりを長時間録音したICレコーダーを裁判所に提出しているが、その録音反訳文（テープ起こし）を読むと、些細《ささい》なことで逆上し、夫にあらんかぎりの罵詈雑言《ばりぞうごん》を浴びせていることがわかる。そのうえ、殴る、蹴る、嚙《か》みつく、引っ掻《か》く、唾《つば》を吐くなどの暴力を振るっている。

法廷で本人尋問に立った小島は、原告代理人の質問を受けて、彼女の暴力の実態を次のように証言している。

代理人「さおりさんの暴力の態様、どんな暴力を振るってきていましたか」

小島「まず、物を投げつける、あと木製のハンガーとか、あとスチール棚の金属製の足組みするパイプとか、あとコップを投げつけたりとか、皿とかコップなんですけど、あとは靴を履いたまま足でけっ飛ばしてくるとか」

代理人「ハンガーだとかスチール製のパイプというのは、どういうふうに暴行に使うんですか」

小島「手に持って殴りかかってくるわけです」

さおりは今回の事件で、山崎君が下級生の練習態度を改めさせるために、プラスチックのハンガーで裕太君を含めた1年生の部員たちの頭を叩いたことを糾弾した。そして、裕太君はそれを苦にして自殺したとマスコミに訴えていた。ところが、自らは自宅で、叩かれたら恐らくプラスチック製のものより数倍痛いであろう木製のハンガーで夫を殴っていたのである。にもかかわらず、「私は夫からひどい暴力を受けたDV被害者だ」と言い張って、「夫に殺される」と頻繁に110番や119番に通報している。このため、佐久警察署員はそのたびにさおり宅に駆けつけ、興奮する彼女をなだめたり、小島に対して、「奥さんと一緒にいない方がいい」などと忠告していた。

一方さおりの陳述書には、小島が些細なことで怒り、彼女の腹を出血するまで蹴ったり、顔が変形するほど殴ったり、背中に馬乗りになって腕を押さえつけ、失神する寸前まで首を絞めたなど、すさまじい暴力を振るったと記されている。小島はこれを強く否定し、彼女は小島に対して行った暴力を、そっくりそのまま自分がやられたことだと〝真逆の〟主張をする傾向があると指摘した。

加えて彼女は、灯油や洗剤を飲むまねをしたり、ホテルの6、7階の窓や高速道路を走行中の車から飛び降りるふりをするなどの危険な行為を繰り返している。また、小島の勤務先の上司、同僚、友人、小島の両親に頻繁にいやがらせ電話をかけている。「テメエの両親ぶっ殺してやる」というひどい暴言も、到底許せるものではなかった。これらのことはすべて、判決でも事実として認定されている。

次のやりとりは、さおりが作ったチャーハンに夫がふりかけをかけたとたん、さおりが激高した場面である。小島提出の証拠から引いてみる。
さおり（いきなり人に箸《はし》を投げつける）「テメエだよ、このブタ野郎」
夫「危ねえな」
さおり「なんだよ、テメエ！　テメエのまずいご飯、わざわざ作ってやってなあ、テメエが作りもしねえから作ってやってるのになあ…　テメエ、じゃ白いご飯で食えよ。いいよ別にこれ食べなくていい。白いご飯で食べて。このふりかけ食べていいから白いご飯で食べて。これ、あたしが作ったチャーハンだから」
夫「また、『あたしが作った』……」
さおり「まずいんだろお、いいよ食わなくて」
夫「だれも、まずい……」
さおり（絶叫で）「いいよ、ふりかけかけたいなら、そっち食えー！」
夫「まずいなんて言ってないじゃん」
さおり「いいよ、もう。そっちの白いご飯に、ふりかけかけて食べなよ、はいはい、わざわざあたしが手間暇かけて作ったものをなあ、そんなことされたんだったらたまったもんじゃねえんだよ。人をバカにしやがってえ」（絶叫）
夫「おかしいんじゃない」

さおり「テメエだよ、このブタ野郎」（絶叫）
さおりは夫に対して怒り狂うと、「ブタ野郎」を連発する。
さおり（絶叫で）「テメエだよー、ふざけやがって、このバカ野郎ー。テメエが何やったって言うんだよ、能無し。なんにも役にたたねえ能無しじゃねえか…… 早く食えよぉ」
（中略）
さおり（人にツバを吐きかける）「テメエだよ、バカ野郎。テメエだ！ ペッ（ツバを吐く音）」
夫「なに、ツバ」
さおり「なんだよお」
夫「おまえ、ツバ吐くのが癖なの？ ねえ、なにかって言えば人にツバばっかり吐きかけてさあ。ふざけるなよ、なあ」
さおり「なんだよお」
夫「人にツバ吐くなんてさあ、すげえ侮辱した行為だぜ」
さおり「バーカ、テメエがやったことのが、よっぽど侮辱だよ」
夫「俺が何をやったよ？」

さおり「何をやってんだ、ふりかけかけて、ブタ野郎が」
　さおりは常に自分を正当化する。
さおり「早く白いメシ食えよお」
夫「いいよー」
さおり「なにい、食えねえ?……テメエだけなんだよお、金持ってテメエだけ何か食いに行くのか! ふざけんじゃねえ。早く、食えよお。……これ、食えよ」
　異様な喚《わめ》き声。さおりが夫に物を投げつけガシャガシャ音がする。
さおり「テメエだ、このブタ野郎! このほら吹き男が! 人騙《だま》せると思いあがってなあ、冗談じゃねえんだよ。テメエがなあ、騙してんのは分かってんだよ、バカ! 騙して逆ギレ? ふざけんじゃねーぞ、このブタ野郎。人騙すのはテメエじゃねえか、この結婚詐欺《さぎし》師野郎!」
　気がかりなのは、錯乱状態になった母親が絶叫したり包丁を振り回したりする修羅場で生活せざるをえなかった二人の子供のことである。小島の陳述書にはこんなくだりがある。
〈子供達は、被告が金切り声を上げながら食器などを床に叩きつけたりしていても、基本的には一向にそれに気を取られる風もなく普通に会話をしたり傍観していました。ある時、私が、包丁を振り回している被告の体を床に抑えつけ、「お母さんの包丁を取り上げてくれ」と子供達に向かって叫んだところ、2人とも近づいてきてはくれないものの、まなぶは「お母さんやめてよ」と声をかけてくれましたが、裕太は下を向いて黙り込んでしまいました〉

尋常でない家庭環境が子供の心身を蝕《むしば》まないはずがない。下を向いて黙り込んでしまった裕太君の心中を思うと、不憫《ふびん》としかいいようがない。

再び小島の本人尋問である。

代理人「さおりさんと2人の息子さんとの関係ですけれども、あなたが結婚していた当時というのはどんな親子関係でしたか」

小島「母親として子供を注意する、しかるというふうな態度というのは常にとっていませんでした。もうとにかく自分の怒りの感情をぶつける、だから、しかるんじゃなくて怒る、どなり散らすというふうな、そういう態度でした」

代理人「子供たちは、お母さんであるさおりさんの前ではどんな態度をしていましたか」

小島「とにかく彼女を怒らせてしまったらもう収拾がつかなくなるということを子供

も多分わかっていたんだと思います。だから、彼女の前で2人で兄弟げんか、ばか騒ぎしたりとか、そういうことは余りなかったです」

実際、小島が録音した中に、彼が切り出した離婚話に逆上したさおりが、子供に向かってこんな言葉を投げつけている場面がある。

〈裕太、まなぶ！　このなあ、おやじはなあ、お母さんをなあ殺そうとしてるから、それは間違いなく忘れんなよ！　人殺しだから。あんた達をね、勝手に見捨ててな、施設にやろうとしてるで！　こいつ。（中略）離婚したら、施設になるの分かってんな、あんた達を施設にやろうとしてんだよ。表面上、仲いいふりしてるけど。もう、いつでも捨ててくことしか考えてないんだよ！〉

さらに、小島の証言によれば、この当時もさおりは、家事や子供の世話をほとんどしていない。

〈被告は、口論の末には「私は保護を求めて出掛けます。子供はあなたに責任があるから面倒みな」と言い捨てて深夜でも行き先を告げずに出て行ったり、「子供達の弁当の用意はお前がやれ」、子供達のスキースクール等の送り迎えについても、「たとえ血が繋《つな》がっていなくても自分の子供なんだからちゃんとお前が送って行け」等常に命令口調で私に指図しました〉

身内も、これまでさおりに相当手を焼いていたという。

実兄は、さおりが大暴れして自ら110番通報した際、佐久警察署に呼び出されたことがある。その時、署員たちの前でこう言い放ち、大いに驚かれた。

〈妹が死ぬ死ぬ言うなら死んでもらえばいい。身内にしてみたらそれが一番助かる〉

さおりの実父が、さおりが自宅に火をつけかねないと心配し、裕太とまなぶに〈もし下で火が出た時は2階からベランダの上に飛び降りろ〉と言っていたことも、小島の陳述書でわかった。小島に向かっては、何かあったら自分のところに逃げてこいとも言っていた。

この実父の通夜《つや》の席でさおりは、一晩中騒いで電話をかけまくり、「自殺してやる」「死んだら祟《たた》ってやる」「自分だけ親から大事にされなかった」と喚き続けたため、全く通夜にならなかったようである。たまりかねた実兄夫婦が佐久総合病院の救急外来に駆け込んだところ、精神科に回されたが、さおり本人を連れてくることはできなかった。

訴訟記録にあったカルテには、実兄の言葉として、〈わがまま、おこりっぽい（子供のころより）。自分の気にいらないことがあると、子供のことなどささいなことで、興奮状態になってしまう。泣きわめく。止めようとするとひっかいたりする。「死んでやる」というが自殺企図歴はない。お金の問題から興奮することが多い。子供のことより自分のことに浪費する。上の息子は自閉症になりつつある〉などとある。そしてこの時も医師の見立ては、「人格障害の疑い」だった。

このカルテには家族歴も記載されており、それによると、さおりの身内からは実父以外にも3人の自殺者が出ている。さおりが事あるごとに「死んでやる」「自殺してやる」と口走るのは、こうした身内の度重なる不幸も影響しているのかもしれない。

小島は、さおりの興奮状態が激しくなり身の危険を感じたため、隙を見て実家に逃げ帰った。その2か月後の03年9月に、離婚が成立した。その間にさおりは、自宅にあった彼の持ち物や洋服の一切を無断で処分してしまった。

なお、このさおりと小島の裁判記録の開示によって、もうひとつ、重要なことが判明した。丸子実業の一件が起こる以前の03年8月27日、佐久児童相談所に、裕太君に対する要援護児童通告（要保護児童通告）を行った第三者機関とは佐久保健所だったのである。佐久保健所は、さおりの言動に悩んだ小島から12回も相談を受けており、彼がさおり宅から出た後も連絡を取り合っていた。そして、自分が家からいなくなったことで子供たちへの影響が心配だと言う小島の言葉を受けて、保健所が児童相談所に通告を行ったのだ。

2014年10月、私は小島を自宅に訪ねた。物静かで控えめな印象の小島だが、さおりの名前を出すと途端に表情が険しくなる。

「とにかくあの女とは二度とかかわりたくない、一切接触を持ちたくない、悪魔のような人間ですよ」

そして、言葉を継ぐのだった。

「なんでああいう人間を見抜けなかったのか、我ながら恥ずかしいですよ。ただ、付きあっていた時には全くその片鱗《へんりん》を見せず、明るくて気立てのいい女性という印象だったんです。最初の夫が彼女にすごい暴力を振るったと聞いて、同情の気持ちもありました。

ただ、結婚したとたん、彼女の態度は豹変しました。結婚直後、私の給料の振込先を変更し、彼女が引き出せるよう会社で手続きをしたんですが、社内の事情ですぐには振り込まれなかった。そうしたら仕事中に電話をかけて来て、『テメエ、給料が振り込まれてねえ！』とやくざのような声で怒鳴ったんです。思わず耳を疑いました。これをきっかけに私に対し疑心暗鬼になったのか、以後、ケンカが絶えなくなりました」

小島とさおりは03年3月、ロサンゼルス旅行に出かけた。のんびり海外旅行を楽しんでいる場合ではなかったが、さおりが会社に頻繁に電話し大変な迷惑をかけたため、小島は上司から、「1か月の休暇をやるから、その間に家庭の問題を解決するように」と言い渡されてしまったのだ。するとさおりは「価格の安いこの時期に海外旅行に行こう」と言ってきかず、反対するとまた大騒ぎになるので従ったのである。

ところが、ホテルにチェックインした後、レストランを捜して街を歩いている最中、にわかにさおりの機嫌が悪くなる。ホテルに引き返した後も小島に罵声を浴びせ、唾を吐きかけ、靴を履いたまま何度も彼の足を蹴った。小島が相手にしないでいると、「死んでやる！」と叫んで、窓から飛び降りるふりをしたのである。

小島はあわててさおりを羽交い締めにして、窓から遠ざけようとした。そこへ、騒ぎを聞きつけたホテルの従業員がやって来て、ＤＶだと勘違いしたのだ。

「私は必死に『ノープロブレム』と言ったんですが、振り返るとさおりが、自分の顔に拳《こぶし》でパンチを入れるそぶりをしている。それで私はロス市警に逮捕されてしまいました。通訳から、容疑を認めればすぐに日本に帰れると聞いたので仕方なく認めたんですが、いっこうに帰国できなかった。最初ロス市警の留置場に10日間、その後、入国管理局の砂漠の中の収容施設に1か月半勾留《こうりゅう》されました」

さおりは、小島がロス市警の留置場に収容されていた時、2度ほど面会に来たが、なにやら懐《なつ》かしそうな表情を浮かべていた。ひとたびスイッチが入って興奮状態になると、見るも恐ろしい形相になる彼女とはまるっきり別人だった。まるでジキルとハイドだと小島は思った。

5月半ばにようやく帰国できたものの、彼は結局、退職に追い込まれてしまった。この母親と二人の子供たちはいったい、どう折り合って生活していたのだろうか。

「子供たちは、さおりが大暴れを始めると、たいてい自分たちの部屋に引っ込んでしまいました。まなぶはあっけらかんとした性格で、裕太は細かいことを気にする神経質なたちでした。そういえば一度だけ、裕太が泣きながら2階から下りて来て、こう言ったことがあります。『お母さんから、おまえなんか死ねばいいのにって言われた』と。唖然《あぜん》としました」

小島は、離婚後、テレビ朝日の「報道ステーション」を見ていて偶然、裕太君の自殺を知り驚いた。番組の中では、裕太君の声が出にくかったとも報じていたが、これにもびっくりした。同居していた頃、裕太君はけっこう高い声を出していたからだ。

「学校とさおりの言い分が食い違っていましたが、さおりのでっちあげだろうと思いました。だって、自殺直後にすぐにマスコミを呼んだり、資料が手回しよくファイルされているなんておかしいですよ。さおりは、何かというと必ず『文書で残せ』と言っていました。確か、最初の夫からも離婚の時、この家を自分たちに残すよう、家のローンを払い続けるという書面を取ったと話していました。学校に執拗に謝罪を要求したところといい、私にしたこととそっくりですよ」

実は、小島との裁判でも、当時14歳だった裕太君は、母親に有利となる文章を書き、それが証拠として提出されている。小島がさおりにひどい暴力を振るっているという内容で、署名はまなぶ君と連名になっていた。以下はその一部である。

〈雄二お父さんについて

お父さんはお母さんと喧嘩《けんか》すると、蹴ったり、髪の毛を持って引きずり回したり、お母さんの背中に馬乗りに乗って首を絞めたり、頭や顔を殴ったりしていました。お父さんが鉄パイプや包丁を持っていた時もあり、僕たちはいつもこわくてお母さんを助けてあげる事が出来ないで居ました。だからお母さんはいつも怪我《けが》をしていたし、顔もはれていました。僕たちもお父さんに怒られると、ばかといわれたし、ご飯を食べさせてもらえませんでした。

お父さんは休みに家にいてもお昼過ぎまで寝ていたし、ごはんの用意や、後片付けをしたことはなかったし、洗濯や掃除やお風呂の掃除は一度も手伝った事は無かったし、買い物に行っても荷物は持ってくれなかったです。（中略）

スキーの送り迎えもいつもお母さんがしていたしお母さんが居ないときはおじいちゃんがいつもしてくれました〉

小島は法廷でこの証拠について、裕太はもっと汚い字を書いていたと記憶している、まなぶの字では絶対にない、さおり本人が書いたものだと思うと述べ、文章の内容自体も、「全くでたらめです」と否定している。

この離婚訴訟が小島の全面勝訴となったのは前述した通りである。しかし彼女は、判決で命じられた約６００万円の賠償金を一銭たりとも小島に支払っていない。

丸子実業の事件とこの離婚訴訟との関係だが、ちょうど裕太君が2度目の家出をした翌日、小島が詳細な陳述書を提出している。それを読み、離婚訴訟が不利になると感じたさおりが精神のバランスを崩し、学校との間で摩擦を生じさせた可能性も考えられなくはない。

実際、小島が陳述書を出して以降、彼女は裕太君の不登校を理由に、離婚訴訟の本人尋問を始め裁判所による出頭命令に一切応じなくなり、裁判を1年間も空転させた。さらに、代理人弁護士とも連絡を取らなくなり、打ち合わせもできず困った弁護士は07年3月末に代理人を辞任しているのだ。

元夫の裁判記録が証拠採用されたことによる原告さおり側の打撃は大きかった。高見澤弁護士は準備書面において、「他人には知られたくない本件被告（さおり）のプライバシーを暴《あば》き立て、本件被告に対するいわれのない人格非難を繰り返している」と批判し、小島との裁判の判決は事実認定を誤った不当なものだと主張した。しかし説得力は乏しく、劣勢は覆《くつがえ》りそうにない。

それでも高見澤は表向き強気だったが、原告側の書面提出はいつもぎりぎりで、口頭弁論当日になることがたびたびあった。誤記も多く、その後に訂正を出すことも珍しくなくなっていた。途中から加わった米倉洋子弁護士は、口頭弁論の回を追うごとに表情が暗く、うつむき加減になっていったのである。

08年4月10日、長野家庭裁判所上田支部は、山崎翔平君が、裕太君の頭をプラスチックのハンガーで叩いた暴行容疑について、「審判を開始しない」「非行なし」と決定した。

さおりと裕太君が、山崎君に対する被害届を丸子警察署に提出したのが、05年10月である。警察署での事情聴取の記録によれば、裕太君は、「ハンガーで叩かれたことはバレー部の指導の一環で、事件として訴えるつもりはない」という意向を示していたのに、さおりに説得されて、いやいやながら被害届を出したのだ。それから2年を経た07年10月、長野地検上田支部は山崎君を長野家裁上田支部に送致していた。

山崎君からハンガーで叩かれた1年生たちの供述内容一覧表がある。それによると、叩かれて「ジーンという感じの痛みがあった」「力が入っていたので痛かった」という者が複数いる一方、「それほど痛くはなかった」と答える者もまた複数いた。だが、叩かれた時、声を出したり、頭を手で押さえたり、避けようとした者はいなかった。

長野家裁による決定文は、この点に言及して次のように述べる。

〈その殴打《おうだ》行為の力加減はその程度であったと認められる。そして、同一覧表のとおり、1年生部員らは、全体として、同殴打行為について、2年生部員らによる指導の一環であるという感想を持っており、また、これを暴行罪に該当するから警察に告訴しようとする意図は持っていなかった〉

〈かような程度の有形力の行使は、高校生活の、部活動の中での、先輩後輩の関係に係ることであり、まず第1次的には、同校の指導、教育の中で問題性が解消されるべき事柄であって、殊更《ことさら》刑法の適用を受けさせるべき行為とまでいうことはできない〉

さらに丸子実業では、問題が明らかになって後、山崎君を含めバレー部員たちに十分な指導をしており、すでに問題は解決していると判断した。物まねについての山崎君の反省文も、いじめの事実を認めたものではなく、バレー部内でそれまでに陰湿ないじめがあったわけでもないと認定している。

第八章　判決

裁判は大詰めを迎えていた。

２００８年8月22日、太田真雄校長、上野正俊監督、山崎翔平君の本人尋問と、県教委こども支援課の丸山雅清の証人尋問が行われた。

さおりによる提訴から2年半、当時20歳になっていた山崎君は、証言台に立った瞬間、頭が真っ白になったという。どうやって法廷に出て、どうやって帰ってきたのか覚えていないほど緊張していた。そのためか、さおり側の米倉洋子弁護士の誘導尋問に乗ってしまう場面もあった。

山崎君は、この本人尋問に先立ち提出した陳述書の中で、思いがけない濡《ぬ》れ衣《ぎぬ》を着せられた経緯と心境をこう語っている。

〈僕は裕太君の生前、マネをした事実をすぐに認め、また、ハンガーでたたいたこともいいわけはしませんでした。

それは、学校の先生たちが言う「裕太君が登校できるようにすることが第一です」という言葉を信じていたからです。

バレー部の仲間はみんな「全部、裕太のお母さんがおかしい」「お前は悪くない」と言ってくれていたので、僕の無実を晴らすのはかんたんなことだと思っていました。

僕の両親は僕のことを心配してくれていましたが、先生たちから「何か動いて裕太君のお母さんが再びかたくなな態度になってしまうと困ります」とか「裕太君が登校できるようにするためです」と言われていましたので、親も言い訳や学校への不満は言わず、従っていました〉

〈裕太君のお母さんにすき放題に言われて僕が嫌な思いをしているなか、上野監督に呼ばれ、「お前の言っている裕太のマネというのは芝刈り機のことか?」と聞かれたことがありました。僕が「そうです」と言うと、上野監督から「お前、最初から本当のこと言えばよかったのに」とか「お前がやったことはそんな程度のことか」「そんなのいじめでも何でもない」と言ってくれました。

監督がこの言葉を言うとき、笑顔でうれしそうだったので、僕にとって良い展開になったと気づきました〉

〈監督と菊池コーチは3年生から話し《ママ》を聞いて、僕がしゃがれ声のマネをしていないので裕太君を傷つけた事実はない、いじめはやっぱり裕太君のお母さんのうそだったと自信をもったようでした。

裕太君のお母さんから責められて、僕は、自分の行為の何が悪くて、何が良いことなのか、わけがわからなくなっていたのですが、先生から「いじめでも何でもない」とはっきり言われてうれしかったです〉

山崎君は、裕太君のためを思って書いた反省文がインターネットや「週刊金曜日」に公表され、裕太君をいじめた証拠として扱われたことに強く憤《いきどお》っていた。

〈この反省文で僕は裕太君をいじめたなんて認めた覚えはないのに、大げさな証拠として使われてしまい、僕は納得がいきません〉

〈僕は、丸子実業高校の同じ学年の生徒から「お前は人殺しじゃねえか」と言われました〉

〈僕は悔しい気持ちもあったけど、ばかばかしいことなので気にしないようにしてました。僕がこういうことを気にすると、裕太君のお母さんの嫌がらせに負けたようで悔しいのです〉

〈裕太君が生前に大林君や石橋君に「山崎さん（僕のこと）のモノマネが嫌だった」

とうち明けていたと後から聞きましたが、この発言は同級生に「お母さんとケンカしたせいで家出した」と言うのが恥ずかしかったので、でまかせを言ったと思っています〉

〈裕太君が自殺してしまってから、僕は何度も大人たちから「モノマネをしたその場では裕太君は笑っていたが、本当は心の底では嫌だったのではないか」と質問されましたが、そんなはずはない、と僕は今でも思っています。

それは、僕が人とふれあうなかで、相手が僕に好意を持っているか、本当は嫌でさけているか、なんとなくわかるのですが、裕太君は僕に好意をもってくれてたと感じていたからです〉

山崎君の本人尋問が行われたこの日、もうひとつ傍聴人たちの耳目を集めたのは、被告側にとっての重要証人である県教委こども支援課の丸山と、さおりの代理人・米倉弁護士との対決だった。

米倉は、こども支援課はいじめ被害者の支援をする部署であるはずなのに、バレー部の生徒や保護者へのケアに取り組んでいるとは驚くべきことだ。支援の対象が裕太君、高山さんでなく、バレー部の部員と保護者に変わったのか、という主旨の質問をした。

それに丸山は、

「私どもは基本的には被害者の味方だと思っています」

と答える。

「被害者というのはどっちですか？」

「ですから、この事件は一番被害を受けたのは裕太君であり、バレー部の生徒たちです」

丸山はそう言い切った。なおも米倉は食い下がる。

「学校で起きた問題の被害についての相談員であるあなたと前島課長で途中で、被害者から見れば加害者ですよ、バレーボール部は。加害者側の支援者として行動するという方針変更というのは余りにも信義に反すると思うんですけれど、そこは抵抗感はないんです？」

「全く抵抗感ありません」

丸山は、県教委に提出した陳述書の最後の部分にこう記している。

〈私たちは、こうした悲しい事件を二度と繰り返さないために、その後2ヶ月ほど内部検証を行いました。裕太君が亡《な》くなった後に判明した事実も出てきました。

そしてはっきりわかったことは、私たちがこのまま高山さんの主張を受け入れてしまえば、裕太君は天国に行けないということでした〉

丸山たちにとっても裕太君の死は大変なショックであり、裁判の勝ち負け以前に、裕太君を救えなかったことそのものが敗北だと思っていた。だからこそ、真実を明らかにすることが裕太君へのせめてもの供養《くよう》になると信じていたのだ。

さて、いよいよ主役の登場である。さおりの本人尋問は10月16日に予定されていた。この本人尋問を前に、さおりも長文の陳述書を提出している。一部を紹介する。

〈私は、裕太の自殺についての学校や教育委員会の責任を明らかにして、今後二度と裕太のような辛《つら》い思いをする子どもが現われなくなることを願って、この裁判を起こしました〉

〈ところが逆に私の方が、丸子実業高校バレーボール部の監督や部員の保護者ら30名から3000万円もの慰謝料を払えという裁判を起こされてしまいました。大切な裕太を失ってから1年もたたないうちに、裕太が自殺したのは私のせいだ、私の頭がおかしいのだと言わんばかりの攻撃を受けて、私の心は決定的な打撃を受けました。もう二度と立ち直ることができないと思うほど、暗い日々が続きました〉

2番目の夫である小島との結婚については、別の陳述書でこう語る。

〈小島は、結婚して1か月もたたない頃から、突然些細《ささい》なことに激昂《げきこう》し、私にひどい暴力を振るうようになったのです。私は、それまで男の人に暴力を振るわれたことなどなかったので、驚きと恐怖におののきました。小島はその後も、私に対して日常的に激しい暴力を振るい続けました〉

〈小島は、身体に対する暴力だけではなく、凄《すご》みをきかせて怒鳴ったり、睨《にら》んだり、嫌味を言ったり、物に当たって荒れ狂ったりしました〉

〈離婚訴訟の証拠集めのために、暴力を振るって私を怒らせようとしていたと思われますが、その暴力には、自分をコントロールできない一種病的なものが感じられました〉

あくまで自分はDVの被害者だと主張するのである。

被告側は、さおりが果たして本人尋問に出廷できるかどうか危ぶんでいた。さおりの精神状態が不安定で、代理人との打ち合わせも満足にできなくなっていると耳にしていたからだ。だが、大方の予想を裏切って10月16日、さおりは長野地裁民事部の法廷に姿を現した。体にぴったりした紺のミニのスーツに身を包み、品のよい雰囲気を漂わせている。

尋問が始まると、朗々とよく通る声でどんな質問にも堂々と答えていった。もの慣れた受け答えに太田校長は、「(裁判の)プロなのか」と思ったほどだった。

被告代理人の神田英子弁護士にとっても、その落ち着いた話しぶりは意外だった。元夫に対し絶叫したり罵詈雑言《ばりぞうごん》を浴びせたりしている録音のイメージとはまるで違っていたからだ。ただ、不利な場面になると急に早口になる癖があることに神田は気づいた。

たとえば、次のような質疑応答の時である。

原告さおり側は、05年の5月初め頃から、バレー部の上級生の山崎君の声まねが始まり、それを、さおりが裕太君から初めて聞いたのは5月30日の1回目の家出の直後だと主張していた。しかし、当時の裕太君とさおりの言動には、それを裏付けるような証拠が全く見当たらず、被告側は、この主張は虚偽だと判断した。

法廷でさおりは、この矛盾の辻褄《つじつま》合わせを狙《ねら》ったのだろう。長野県代理人の高橋聖明弁護士の反対尋問(相手方が用意した証人に対する尋問)に答えて、こう言い出した。

「5月31日以降、1週間か10日後だと思いますけれども、菓子折りを持って上野先生と立花先生のところに行って、『もう今後こういういじめとか何か、裕太に対する何か困ったこととか学校で起こらないようにお願いします』ということをお願いしてきたので、もう今後ないと思っていました」

だから表向きは学校やバレー部に抗議しなかったと言いたいのだ。高橋弁護士は切り返した。

「それを今まで陳述書でも準備書面でも一度も話をされていないのはどうしてですか？」

さおりは沈黙した。

他にも、事件に関わった者がその証言を聞けば、辻褄の合わない点が随所にあった。いや、虚言だらけと言っていい。さおりが筋の通らない発言をするたびに、傍聴席はざわめいた。

以下は、2回目の家出（05年8月30日）を巡る高橋弁護士の尋問の場面である。

高橋「このときにも立花先生はビラを配ったりして、高山さんと一緒に捜索したりしていますよね」

さおり「ビラは配っていただいていません」

高橋「学校でビラを配った人はいないんですか？」

さおり「はい、私は知りません」

そこで高橋は、さおり作成のビラを示す。

高橋「この捜索のビラを学校、ですから立花先生たちに渡していないですか？」
さおり「これは私がつくったものですけれども、先生に渡したかどうかは覚えていません。自分で配って、お店とかそこらじゅうでお願いしたのは覚えています」
高橋「先生が配っているのは一度も見たことないんですか？」
さおり「はい」
次に高橋は、学校が作成したビラを示した。
高橋「このビラをつくったのはどなたですか？」
さおり「これは、立花先生が学校のほうでつくってもらったと言って持ってきたんですけれども、私はこれは必要ないですと言ってお断りしました」
高橋「ビラを４０００枚用意をして、上野近辺で学校で配ってくれというお願いをしましたね」
さおり「しません。４０００枚という数字がどこから出ているのか知りませんが、私は警察官に、警視庁の少年課のほうにも問い合わせをしましたけれども、警察自体も１枚あればいいんです、各駐在に。４０００も駐在はないと思います、東京に。どこからその数字が出たのかも理解できません」
裕太君が２度目の家出をした３日後、バレー部の黒岩部長と生徒指導主事の尾野、バレー部の生徒たちが捜索のために、さおりの家を訪ねた時のことを、高橋は聞く。
高橋「そのときに先生方に高山さんは、『お盆のころ裕太が私に、「バレーが苦しい」と言った。私は裕太に、「バレーボール部をやめるなら学校もやめて死んで。家を出るときは携帯を置いていけ」と話した』と、そういうふうに説明していないですか？」
さおり「はい、していません。逆にそのときに一緒に来た大林君から自分もこぶしでバレー部の子が殴られたとか、そういう話を聞きました」
高橋「山崎君がということなんですか？」
さおり「違います。他の部員です。先輩に気に入らないことをしたので、携帯をとったのとらないのということで勘違いされてこぶしで殴られたということを聞きました。あと態度が気に入らないからといって殴られたと。そのことを話してくれました」
高橋「それのことも今まで陳述書にも準備書面にも記載しなかったのは、準備書面はともかく、陳述書に記載しなかったのはどうしてですか？」
さおり「それは、裕太が直接されたことではなくて、裕太のノートのほうには書かれています」

しばらくして、神田弁護士が反対尋問に立った。

神田「前の夫、小島さんとの慰謝料請求の事件の中でＩＣテープが証拠として出されていて、先ほどの話だとそのテープは前後のやりとりがなかったりして編集されているんじゃないかという話でしたが、あなたが前の夫、小島さんに対して、『豚やろう、能なし、泥棒』、こういうふうに言ったこと自体は、そういう事実自体はあるんですか？」

さおり「相手が言ったら相手の言った言葉を同じだけ返しました」

神田「あなたと小島さん対等に夫婦げんかで言い合っていたということですね」

さおり「はい。相手が初めに言ったので、その言葉に対して言いました」

傍聴人たちは首をひねった。対等に夫婦げんかをしていたというなら、さおりは小島を恐れていなかったことになる。ところが彼女は陳述書において、ひどい暴力を振るう小島が怖くて、彼との裁判の本人尋問にさえも出廷できなかったと言っているのである。この部分を引用してみる。

〈法廷で小島と顔を合わせることを想像するだけで、激しい暴力の恐怖が蘇《よみがえ》り、体がガタガタ震えてしまうのです。私が事実を証言した場合、ひどい報復を受けるのでは

ないかという強い恐怖もありました〉

神田は、この矛盾を捉《とら》えてすかさずこう質問した。

神田「そういうふうに夫婦げんかの中で前の夫、小島さんに対して『豚やろう』とか『能なし』とか口汚く言い返す際に、夫のことを恐ろしいというふうには思わなかったんですか?」

さおり「恐ろしいというのは感じていたけれども、それ以上にさんざんひどいことを言われまくっていたので、ただ同じことを言われたらせつないでしょうという意味で言いました」

さおり側の主張するしゃがれ声のまねを巡っても、こう聞いた。

神田「山崎君のいじめについては、先ほどのお話だとしゃがれ声のからかいについて3年生部員という目撃者がいて、それを制止してくれたバレー部の保護者もいたということでいいんですか?」

さおり「はい、そうです」

さおりは、米倉弁護士による主尋問で、「3年生の先輩が数名やめろよと言ってくれたということは聞いています」「数名のお母さんから、『私たちもとめました』ということを聞きました」と述べている。そこで神田はこう質《ただ》した。

神田「そういう重要な事実をどうしてもっと早く陳述書などで主張しないんですか？」

さおり「私は、陳述書とかでいろいろ細かいこと言える状況が余りありませんでした」

神田の追及が続く。

神田「平成18年（２００６年）４月に答弁書で山崎君のからかいについていつどこでどんな状況で行われたのか、周囲の状況を明らかにしてほしいということで求釈明（相手の立証を求めること）わざわざ出しているんですが、それにずっと御回答いただけなかったんです。その経緯は御存じですか」

さおり「口をきける状況がありませんでした。精神的に落ち込んでいて」

神田「あなたが精神的に落ち込んで家にひきこもりになっていた時期に、マスコミやワイドショーの取材に応じていませんか？」

さおり「それは、事実を訴えなければいけないという意味で泣きながら出ました」

神田「マスコミやワイドショーの対応はできても、代理人の弁護士との打合せをしたり、裁判に必要な打合せはできなかったということですか」

さおり「それを出したのは、口もきけなくなったのは神田さんのほうからというか、上野先生のほうからの訴訟をされてからです。それまでは裁判上の書類とかは私は全部受け答えみんなしていると思います」

さらに、彼女がかけたいやがらせ電話についても聞く。

神田「平成17年（2005年）9月23日に原告は上野監督の御自宅へ電話して、電話で『あなたのうちの先生、あんたのだんなのせいでうちの子は口もきけない』などと話をして、最後に『人殺し』というふうに電話で話したことありませんか？」

さおり「それはだれにでしょうか」

神田「上野監督の御自宅へ電話して電話で話したことです」

さおり「今だれあてに話ししている内容だかよくわかりませんけれども」

神田「上野監督の奥さん、あなたのうちの先生、あんたのだんなという表現からして監督の奥さんに対する発言と思われますが」

さおり「話したことありません。奥さんとは一度も話したことありません」

神田「証拠として録音反訳が出ているんですが、その証拠はごらんになっていますか？」

さおり「見ていません」

上野監督の妻・京子にとってこのやり取りは、憤りを通り越してもはや笑止だった。

あの録音の怒鳴り声はいったい誰なのか。公開の法廷の場で、「自分は嘘《うそ》つきです」と公言しているようなものだ。

さおりはどんどん早口になっていった。

この日、さおりは、バレー部の上野監督以下30名に対して、3300万円の損害賠償を求める反訴を長野地裁に提起した。

裕太君の自殺を巡る民事訴訟を整理すると、そもそも、さおりが06年3月9日に長野県と太田校長、山崎君とその両親を訴えたことに始まる。これに対してバレー部の上野監督夫妻以下30名が同年10月31日、さおりを逆に訴え、二つの裁判は併合された。さらに08年10月16日のこの日、バレー部の訴えに対してさおりが反訴したというわけである。

「丸子実業高校、泥沼の訴訟合戦」などとネット上で揶揄《やゆ》されるゆえんだが、さおりがその端緒を開いたのであって、この時点では1件の訴訟を除き、すべてさおりが起こしたものである。

12月3日、バレー部は新たな一手を打った。

高見澤昭治弁護士が所属する東京弁護士会に対し、高見澤本人の懲戒処分を請求したのである。

彼は、あらゆる手段を使ってバレー部を、そして学校を追い詰めた。そのおかげで我々は思わぬ濡れ衣を着せられ、太田校長は殺人の汚名を被《こうむ》った。なぜ弁護士たるものが、高山さおりという人物とその主張をきちんと吟味して訴訟に臨まなかったのか。「とにかく許せない。裁判以外にあの弁護士に猛省を促す手段はないか」。そう考えた末に思いついたのが懲戒請求だった。上野がバレー部の保護者会で提案したところ、満場一致で賛同を得たのである。

被調査人（高見澤）の事前調査の不履行。いじめの加害者とされた少年に対する人権侵害・名誉毀損《きそん》。バレー部員に対する大会参加の妨害。太田校長に対する殺人罪での虚偽告訴とマスコミへの流布《るふ》。県教委の職員や県警の警察官に対する刑事告訴など告訴権の濫用《らんよう》——上野たちが挙げた懲戒請求の理由である。

高見澤にとってはもちろん、不名誉極まりないできごとである。彼は、12月27日に東京弁護士会の綱紀委員会に宛《あ》て答弁書を提出し、懲戒請求者（バレー部）が挙げた各々《おのおの》の懲戒理由について反論を加えた後、こう書く。

〈本件は、懲戒請求書の記載内容だけで判断しても、一見して不当な請求であることが明らかなように、その目的は懲戒請求者山崎明（山崎翔平君の父・仮名）らが被告とされた裁判で追い込まれたために、同訴訟の相手方代理人である被調査人に対する嫌がらせのためになされたものであるとしか考えられない〉

〈東京弁護士会が、いじめ問題についての正しい理解と、このように集団主義的なやり方で正当な弁護士業務を妨害することは決して許されないという見識を示すために、3月に予定されている訴訟の結果を待つのではなく、遅くとも本答弁書の提出期限とされた平成21年（2009年）1月5日から1ケ月以内に、本懲戒請求を退ける決定を下されるよう、強く求める〉

これに対してバレー部側は、「我々は追い込まれたとは感じていない」と反論書を提出した。本来なら、翌09年3月の民事訴訟の判決で全面勝訴した後にこの懲戒請求を行う予定だったが、懲戒の事由があったときから3年と定められた申し立ての時効が迫っていたため、やむを得ず判決前に行ったのである。むしろ、3月の判決を待たずして、懲戒請求を退ける判定を下せと要求する高見澤こそ追い込まれていると主張した。

12月19日、原告・被告双方の主張と争点を整理した最終準備書面が提出された。

原告さおり側の主張は、「可能性が高い」「考えられる」「推測される」などの言葉が目につくように、客観的な証拠に基づかない憶測によるものばかりで、説得力は全くない。

いや、原告側は、証拠に基づいていると言いたいはずだ。しかしその〝証拠〟のほとんどが、裕太君が書き残した例のメモと、さおりの証言のみなのである。

一方、被告側の代理人が最終準備書面で強調したのは、裕太君はなぜ自殺に追い込まれたのかということである。

被告側はこれまで一貫して、バレー部でのいじめや暴力は存在せず、校長を始め丸子実業の教員、長野県教委の職員らは、原告さおりの執拗《しつよう》な学校攻撃が続くなかで、裕太君の登校に向けて誠心誠意努めており、自殺を予見できなかったと主張してきた。

弁論が併合されているため、原告・被告の別がわかりづらいが、準備書面に従ってみていくことにする。

山崎君親子とバレー部関係者の代理人である神田英子はまず、「3年に及ぶ慎重な審理を経たがその間、被告の主張を裏付けるようないじめの目撃者は一人もいなかった」として、次のように述べる。

〈故裕太を被害者、原告翔平を容疑者とする暴行少年保護事件において事件の送致を受けた長野家庭裁判所上田支部は、故裕太に対するいじめを否定した。

この審判で証拠の一つとされたのは、原告1年生部員らの供述である。その中には故裕太と通学を共にしたり、自宅へ招いて宿泊させるなど親しく交際していた故裕太の友人も含まれていたが、警察官に対し故裕太に対するいじめがあったと申告した者は一人もなかった〉

〈故裕太が同年（05年）8月家出中に、教頭が3年生も含めた全校生徒に対し行った情報提供の呼びかけに対し、誰からもいじめにつながる情報の提供はなかった。立花担任も学級通信で同級生に情報提供を呼びかけたが、同級生からいじめの情報はなかった。

故裕太の自殺後、同級生に対し行ったアンケート調査でもいじめを目撃した者はいなかった。

原告2年生部員らもいじめを否定した。原告黒井（2年生部員）は、原告翔平が裕太のマネをしたことがあると最初に顧問らに知らせた者であるが、同人は故裕太の死後、「僕たちは無罪です」という自筆のメッセージを書いていじめを否定した。同人も最初から故裕太に対するいじめがあったとは考えていなかった。

バレー部の保護者の中には、被告と親しくつきあい、故裕太が家出中に職場を休ん

で捜索に協力した保護者もいたが、この者を含め保護者全員がいじめや暴力を一貫して否定してきた〉

〈バレー部の部長・監督・コーチなど顧問らもいじめを否定した〉

とすれば、どこに原因を求めるべきか。この点で3人の代理人の見解は一致する。

裕太君の自殺の責めを負うべきは家庭だということである。

〈欠席や遅刻など学校離脱傾向がまったくなかった故裕太に対し、登校を禁止し、バレー部への参加の機会を奪い、故裕太を精神的に追い込み、絶望させたのは被告（さおり）である。被告の言動が故裕太の自殺に大きく寄与している〉

　そして、長野県の代理人高橋聖明と校長の代理人佐藤芳嗣が重視するのが、裕太君が亡くなる2日前にさおりが作成した手紙である。

　この手紙は、「1年9組の御父母様及び、生徒の皆様へ」と題したもので、

〈バレー部に所属する2年生のある生徒が裕太君を4か月に渡り《ママ》いじめていた〉

〈3ヶ月間私と子供はバレーボール部の父母から村八分状況にされた〉

〈学校からも誰からも謝罪がない〉

〈暴行行為をした御子さんの父母からはとても酷《ひど》い言葉を受けた〉

など、学校、担任、バレー部関係者を激しく非難した内容である。

さおりはこれを、裕太君が登校する予定の12月5日に、裕太君自身の手で同級生全員に配布させるつもりだった。2度目の家出の後、ほぼ3か月ぶりの登校に際して、こうした文書を持たされ、自ら級友たちに配らなければならなかった裕太君の胸中は察するにあまりある。

高橋代理人は、07年7月と08年4月に、精神科医の小林正信が、県教委からの照会に応じて提出した意見書を引用して、準備書面にこう記す。

〈小林正信医師は、その意見書にて、思春期の裕太君は、母親から離れるという不安と、母親から自立して学校やバレーボール部という社会に出て行くという期待との両価的な葛藤《かっとう》のなかにあり、このような裕太君に対して自立を援助し、登校を促していくということは、教育関係者として当然採るべき方法であり、登校を禁止する母親のもとにいる裕太君の自立を援助するために母子分離を検討するのも当然の選択であって何ら非難されるべきものではないと主張するとともに、裕太君の自殺は、自立して歩み出そうとする社会である学校やバレーボール部に対する母親の過剰な抗議活動や登校する予定の前日に「1年9組の御父母様及び、生徒の皆様へ」という同級生やバレーボール部員に対して批判的な内容の手紙を母親と一緒に封筒に詰める作業をさせられたことに対する行き場のない「怒り」と、他方で母親から離れずにいたいという

「甘え」を母親に向けるという目的性を持ったものと考えられるとしている〉

佐藤代理人は、裕太君がうつ病であった可能性は低かったと結論づける。なぜなら裕太君は、自殺するまで家で家事をこなし、登校にそなえて勉強もしていた。12月3日の長時間にわたる話し合いにも最後まで同席した。真性のうつ病であれば、こうしたことはできなかったはずである。

また、うつ病の治療には抗うつ剤の継続的な服用が必要であるのに、診察の予約を何回もキャンセルしたことから、さおり自身、裕太君がうつ病だとは思っていなかったのではないかと推測する。

ただ、裕太君が実際に自殺していることから、やはりうつ病、ないしはうつ状態にあったのではないかという疑問も残る。もし仮にそうだとしても、裕太君が接触していたすべての学校関係者に理不尽な攻撃を加え、我が子が登校しにくい状況をさおり自身が作った結果、裕太君がストレスを抱え、孤独感を感じたのであり、〈その責任は原告（さおり）が取らなければならない〉

と、佐藤は断ずる。

２００９年３月６日、判決言い渡し当日。

午後1時15分の開廷を前に、上野夫妻とバレー部の保護者数人は、長野地裁にほど近いホテルの喫茶室でコーヒーを飲んでいた。すると、店内に、さおりの支援者たちがいることに気がついた。いじめ根絶を目指して活動している団体の面々である。彼らは、「いじめておきながら、よくこんなところに出てこられるわね」というような意味合いのことをしゃべっていた。そのうち向こうもこちらに気づき、睨むような目を向けてくる。

上野の妻・京子は、彼らを傍聴席で見かけた記憶はなかった。判決だけを聞きに県外からやってきたようである。

ということは、法廷に立ったさおりが筋の通らない答弁を繰り返したことも、彼らが「証拠だ」と息巻く裕太君のメモに不審な点が多く、いじめの目撃者が一人もいないことも知らないのだろう。なにより、さおりの正体がわかっていない。さおりは、こうした支援者の前ではみごとに本性を隠し、哀れないじめ自殺の被害者の母を演じているのだ。

京子は今さらながら、支援者の善意に乗じるさおりの狡猾《こうかつ》さに憤った。と同時に、こうした人たちに真実をわかってもらう難しさを感じ、なんとも言えない虚《むな》しさに襲われた。

いじめを憎む気持ちは自分たちも同じだ。京子は彼らにそう言いたかった。夫の上野が、バレー部内でいじめがないよう常に気を配っていることを彼女は知っている。それに、上野の指導を待つまでもなくチームワークは抜群だった。

「おれたち、最高の仲間だな」

そう言い合っていた彼らがあまりに理不尽な事態に遭遇し、「おれたちどうなるんだろう」と互いにつぶやくようになっていたのだ。

「おれたちなにも悪くないのに、バレー部を解散しないといけないのか」

そこまで思い詰めていた。

いじめによって心に深い傷を負い、自殺にまで追い込まれる子供はもちろん犠牲者である。だが一方、いじめの加害者だと決めつけられて濡れ衣を着せられ、やはり深い傷を負う子供がいることもわかってほしい。彼らもまた犠牲者なのだ——。

まもなく開廷である。上野夫妻は地裁の民事部法廷に入り、20人ほどのバレー部関係者とともに傍聴席に座った。記者席も一般の傍聴席もほぼ満席だった。

判決言い渡しまでの数分、京子は、原告席のさおりにまっすぐ視線を向けた。

さおりは、第1回の口頭弁論や本人尋問の時と同様、黒っぽいスーツを身に着けていた。京子が視線を逸《そ》らさないでいると、さおりは「フン」と嘲笑《ちょうしょう》するような表情を浮かべた。

しかしその強気も、近藤ルミ子裁判長が判決文を読み上げると見る見るしぼんでいった。

裁判長は「ハンガーで殴打《おうだ》したことは有形力の行使であり、裕太君は精神的苦痛を味わった」として山崎翔平君に対し1万円の支払いを命じたが、いじめであるとは認定しなかった。県と校長については監督責任もないとして、両者への原告の請求を棄却した。

一方、「加害者と決めつけられ精神的苦痛を被った」と主張して、さおりへの損害賠償を求めていたバレー部の提訴については、「私生活上の平穏などを侵害し、社会通念上受忍すべき限度を超えている」と認めて、関係者ら23名に、一人当たり５００0円から5万円を支払うよう命じた。また、さおりのバレー部への反訴については請求を棄却した。

原告さおり側の全面敗訴といっていい内容である。

さおりの支援者たちは互いに顔を見合わせ、ざわついている。確かに、いじめ自殺の遺族と目される者が逆に賠償を命じられるなど、前代未聞《みもん》のことだ。

判決はおおむね妥当と思われたが、唯一《ゆいいつ》首をひねるのは、山崎君が裕太君の声まねを何回かしたと認定していることである。判決文によれば、その根拠は、裕太がしゃがれ声をコンプレックスに思っていることを考えずに裕太の物まねをしたと記した例の反省文である。

ただし、さおりが裕太君からいじめの事実を聞いた時期が曖昧《あいまい》で、黒井君の申告以外に目撃者が存在せず、裕太君と山崎君の仲が険悪になった事実もない。また、裕太君のメモには、声まねが行われた時期、場所、態様が具体的に記されていない。しかも、こうした記述が始まったのは、さおりと学校との関係が悪化した9月以降のことである。これらに、大林君（1年生部員）たちや児童相談所の相談員に裕太君が漏らした言葉を考え合わせると、〈裕太は原告に迎合して本心ではない記述をした可能性を否定することはできない〉とし、山崎君の声まねは原告の主張するような執拗なものではなく、遊びや余興のなかでのことであり、いじめやからかいを意図したものではないと判断している。

ハンガーで殴打した行為についての判断は、以下のごとくである。

たとえ指導の名目であっても、ハンガーというある程度の硬さのある物を用いて頭部を殴打したことに違法性はある。そして、この行為によって裕太君はジーンという痛みを感じた。〈本件殴打行為によって裕太が精神的苦痛を被ったことは認められるものの、これが家出の原因やうつ病発症の原因となったとまで認めるに足りる証拠はなく、（中略）上記精神的苦痛に対する慰謝料として１万円を認めるのが相当である〉

太田校長、その他の高校職員、県教委職員などの指導、監督義務違反については、山崎君の行為に対して適切な指導監督をしているから違反があったとはいえないと判断。太田校長の記者会見等での発言を名誉毀損と訴えたことについても、理由がないとした。

また、うつ病を発症した生徒に対する注意義務違反についても、診断書には希死念慮とあるだけで、自殺の危険性について具体的な記載はない。このような漠然とした診断によって教育上必要な措置がとれなくなるとは解されず、校長たちの言動は違法ではないと認定した。

むしろ判決文は、原告さおりの責任を示唆《しさ》している。太田校長らに執拗に謝罪を要求したことなどにより、学校との関係が悪化し、加えてさおりが、学校関係者を激しく非難する手紙をクラスメイトに配布しようとしていたことなどから、〈原告（さおり）の態度、意向などが裕太に相当なストレスを与えていた可能性を否定できない〉と言及しているのである。

こうした場合、学校関係者が自宅に出向いて裕太に直接話をして登校を促す方が逆に、本人の孤独感を払拭《ふっしょく》して学校への帰属感を意識させる効用をもたらす可能性もあるとまで指摘している。

また、裕太君が記した「家出をした理由」と題するメモも、〈裕太の真意によるものであるかについて疑問を持つことはやむを得ない状況であったといえる〉とした。

敗訴が決定的になると、さおりは深くうつむいた。長い髪が顔を隠して表情はわからない。と、不意に立ち上がって法廷を出て行ってしまった。

閉廷後の記者会見で、高見澤弁護士は怒りを露《あら》わにした。

「これほどひどい判決は、三十数年間弁護士をやっているが初めてだ。到底承服できないので、直ちに控訴する。長野県の裁判所はおかしい。あんな審判不開始決定は、裁判所がいかに人権感覚に欠けているかの表れだ。今回の判決は、それに輪をかけたふざけた判決だ。これがこのまま通るようでは日本も終わりだ。高裁で絶対にひっくり返す」

肝心のさおりはこの場に同席しなかった。

1万円の支払いを命じられた山崎君と両親は、「もう気にしない」と上野監督夫妻に漏らした。なぜならこの1万円よりも、さおりが山崎君とその両親に支払うよう命じられた金額の方が上回っていたからだ。電話などのいやがらせによって精神的苦痛を被ったとして、山崎君と父親にはそれぞれ2万円、母親には5万円の賠償が認められた。

この判決を、翌日の新聞各紙はどう報じただろうか。

まず朝日新聞（東京地方版）である。

〈校長らの監督責任認めず 男子生徒自殺、母親の訴え退ける 長野地裁／長野県

05年12月に県立丸子実業高校（現丸子修学館高校）1年の男子生徒（当時16）が自殺したのは、所属していたバレーボール部内のいじめなどが原因だとして、男子生徒の母親が、県や当時の校長、監督らに総額約1億4千万円の損害賠償を求めた訴訟の判決が6日、長野地裁であった。近藤ルミ子裁判長は、県や校長らの監督責任などは認めず、請求の大半を退けた。ただ、当時の上級生の1人が男子生徒を殴った事実は認め、この上級生に賠償として1万円の支払いを命じた。

母親側は、男子生徒が05年4月に入学後、同年5月ごろから部の先輩にからかわれたり、ハンガーで頭をたたかれたりしたほか、不登校になった際に校長に登校を促されたために自殺に追い込まれた、と主張していた。

一方、この訴訟をめぐっては、同部の部員や監督、保護者らが「加害者と決めつけ

られ、精神的苦痛を被った」として母親に約3千万円の損害賠償を求める訴えを起こし、母親も「訴訟で精神的に傷つけられた」として約3300万円を求めて反訴していた。

この訴えについて、近藤裁判長は、監督や部員らの主張を一部認め、母親が23人に対して計34万5千円を支払うよう命じ、母親の訴えは退けた〉

読売新聞もほぼ同様だ。

〈丸子実業高の男子生徒自殺　地裁、いじめ認定せず＝長野

県立丸子実業高校（現・丸子修学館高校）の1年生の男子生徒（当時16歳）が自殺したのは、所属していたバレーボール部でのいじめが原因として、生徒の母親が上級生の生徒とその親、県、校長を相手取り、計1億3800万円の損害賠償を求めた訴訟の判決が6日、長野地裁であった。近藤ルミ子裁判長は、男子生徒をハンガーで殴った上級生に1万円の支払いを命じ、「悪ふざけと思われる軽率な行為はあった」としたが、「社会通念上、責任を問うべきとはいえない」として、いじめとは認定しなかった。母親側は控訴する方針。

男子生徒は2005年9月から不登校となり、同年12月6日に自宅で自殺した。母親側は「メモやノートの記述から、いじめと自殺の因果関係は明らか」と主張。近藤

裁判長は判決で、先輩が男子生徒のしゃがれ声をまねしたり、ハンガーで頭を殴ったりした事実は認定したが、「学校生活が最大のストレス原因であったかは疑問」と判断した。
この訴訟を巡っては、バレーボール部顧問の教諭と部員計30人が06年10月、「言動で精神的な苦痛を受けた」として、母親に損害賠償を求めて提訴。母親側も反訴した。これについて、近藤裁判長は「私生活の平穏を侵害するもの」として、母親に対し、部員ら23人に5000円から5万円を支払うよう命じた〉
それに比べ、毎日新聞（地方／長野）の見出しはひどいものだった。
〈御代田町の高1自殺：損賠訴訟　母親訴え一部除き認定―地裁判決／長野
県立丸子実業高（現丸子修学館）の男子バレー部員（当時16歳）が自殺した事件で、母高山さおりさん（44）＝御代田町＝が「部活動でのいじめが原因」として県と同校校長、部員とその両親を相手取り、総額1億3800万円の損害賠償を求めた訴訟で、長野地裁（近藤ルミ子裁判長）は6日、「殴打したことで精神的苦痛を被った」として上級生1人に対し1万円の支払いを命じる判決を言い渡した。ただ、いじめを明確に認定せず、自殺との因果関係は判断しなかった。
一方、部顧問と部員・保護者30人は06年、「自殺に部員は無関係」として、高山さんに対し、総額３０００万円の損害賠償を求める訴訟を起こし、高山さんが反訴していた。

今回、同時に判決が言い渡され、近藤裁判長は高山さんに対し「私生活の平穏を侵害した」として、顧問ら計23人に１人あたり５０００〜5万円を支払うよう命じ、反訴を棄却した〉

裕太君が自殺未遂をしたという一報を学校にもたらしたのは毎日新聞の記者だ。この記事は彼が書いたものではないが、読者に誤解を与えかねない、かなり恣意《しい》的な書き方である。

高見澤の記者会見での言葉通り、原告側は3月12日に控訴した。ところがその5か月後の8月31日、高見澤、米倉両弁護士は揃《そろ》ってさおりの代理人を辞任した。何度さおり宅に出向いても彼女が一切会おうとせず、打ち合わせすらできなくなってしまったからだ。

さらに10月14日、さおり本人も控訴を取り下げた。その理由を彼女は、読売新聞の取材に応えてこう語った。

「裁判では真実が通らない。これ以上かかわりたくないので、今後は報道機関などを通じて訴えたい」

これによって長野地裁での1審判決が確定した。しかしさおりは、元夫の時と同様、バレー部関係者への賠償金をビタ一文払っていない。朝日新聞が報じた通り、賠償額はすべてを合わせても34万5０００円である。

第九章　懲戒

地裁での勝訴からおよそ1か月後の2009年4月15日、太田校長は、高山さおりと高見澤弁護士を相手取り、損害賠償請求訴訟を長野地裁上田支部に提起した。二人に求めたのは、600万円の賠償と信濃毎日新聞への謝罪広告だ。

裕太君の自殺から3年と4か月あまり。さおりと高見澤による刑事告訴は不起訴処分となり、民事訴訟では勝利した。この苦しい法廷闘争の最中に、丸子実業を総合学科の高校に生まれ変わらせるという大仕事も成し遂げた。07年4月、同校は長野県丸子修学館高校と改称され、総合学科の第1期生を迎えていたのである。

まさに嵐のような日々であった。しかし、刑事でも民事でも責任は完全に否定されたからといって、それで自らの社会的信用や名誉が回復されたとは言い難い。なにより、深い精神的苦痛を埋め合わせることは到底できない。

代理人の佐藤弁護士は、名誉を回復するために、さおりと高見澤弁護士を提訴すべきであると、かなり早い段階から勧めていた。県の職員の中にも、告訴された当初から、「起訴されるわけがないから、一段落したところで名誉毀損《きそん》の裁判を起こした方がいい」と助言する者もいた。だがこの職員は、「裁判は1、2年では終わらないだろう。最悪、10年は覚悟しないといけない」ともつけ加えるのだ。

裁判の進行が遅いことはこれまでの民事訴訟で経験ずみだが、10年となると躊躇《ちゅうちょ》せざるをえない。それに、ここが一番肝心なことだが、裁判を起こしたからといって勝つという保証はないのである。もし負けたらどうなるのか。そんな思いを佐藤に話すと、負けることを考えていてはだめだ、勝って当たり前の事件なんだからと説得された。

後悔はしたくない。最後に校長の背中を押したのは、その思いである。

民事訴訟の勝訴を一つの区切りとして、校長は決断した。

なんの根拠もなく殺人罪で告訴されるなど、絶対にあってはならない。高見澤は人権派を以《もっ》て任じ、ことあるごとに人権の擁護を訴え、冤罪《えんざい》と目される事件にも積極的に関わっている。その弁護士が、思い込みと決めつけによる極めてずさんな判断で、人一人を殺人犯に仕立て上げようとした。自ら冤罪を作り出すところだったのだ。これほどの過《あやま》ちは正されるべきである。罪を着せられそうになった者として自分はやるべきことをやろう、太田は思い定めた。

訴状にはこうある。

〈被告らは、「原告が裕太君を自殺に追いやり殺害した」等として殺人罪等で裕太君の自殺後約1ヶ月後に原告を刑事告訴し、しかも、これについて記者会見で告訴状を配布して公表した。そして、このことが各全国紙や長野県内の多くの家庭で広く読まれている信濃毎日新聞等で報道された。また、被告さおりの支援者が、被告さおりの強い影響下で管理しているブログで、殺人罪などの告訴状がインターネット上で1年半以上公開され続け、これにより原告の人格権、名誉権及び名誉感情が違法に長期間侵害され続けた〉

ブログは、「丸子実業高校生　いじめ　自殺事件」と称するもので、冒頭に、「裕太君のおかあさんなどから情報提供を受け、有志支援者の協力によって運営されています」とある。ところが、後に佐藤弁護士が調べたところ、さおり自身が開設、運営していることが判明した。

このブログは、第三者を装《よそお》い根も葉もない虚偽の情報を多数掲載しているうえに、棺《ひつぎ》の中の裕太君の死に顔をアップしたり、校長に対する告訴状を、不起訴になった後も長く掲載し続けたりしていた。ネット上での丸子実業やバレー部に対する非難、攻撃は、少なからず、このブログの影響を受けていた可能性もある。

この訴訟で佐藤は特に、被告（さおり・高見澤）側の重過失を問うている。重過失とは平たく言えば、著しい不注意のことである。たとえば、制限速度を大幅に超えた暴走車が、カーブを曲がり損ねて歩道に突っ込み通行人を死傷させたとか、ガソリンの入ったポリタンクのそばで火のついたタバコを捨てたなどの行為だ。

太田校長に、大切な生徒の一人である裕太君を殺害しなければならない動機も利益もないことは、一般の社会常識をもってすれば明らかであり、二人にも十分認識できたはずである。にもかかわらず、殺人罪という重罪で告訴し、その事実を、マスコミを通じて公表した行為の違法性は極めて大きい。

件《くだん》のブログについても、高見澤はさおりを説得して、告訴状の掲載をやめさせるべきであったのに、その義務を怠った結果、不起訴後も告訴状が公開され続けたのだ。これも重大な過失であり違法行為であるとする。

校長の提訴に対し、被告側は準備書面において相も変わらぬ主張を繰り返し、告訴は名誉毀損に当たらないと強弁した。民事、刑事、両方の裁判で、さおり、高見澤側の主張は完全に退けられたにもかかわらず、である。

なお、この訴訟における被告側代理人は、高見澤自身と、米倉洋子弁護士である。

高見澤に対する本人尋問は10年8月27日と10月8日の2回、長野地裁上田支部で行われた。さおりの言い分を鵜呑《うの》みにして、殺人罪での告訴をはじめとする訴訟を濫発《らんぱつ》した張本人が、いったい法廷で何を語るのか。それは、この一連の騒動におけるクライマックスでもあった。

開廷前、法廷に姿を現した高見澤は原告席に腰を下ろそうとして、「あっ、私たちは被告でしたね」、そう声を上げ被告席に座り直した。校長には、その言葉としぐさがいかにも芝居がかって見えた。

原告席で傍聴していた校長が、驚きのあまり身を乗り出し、佐藤弁護士に制せられる場面があった。反対尋問で、「原告太田が裕太君を殺害しようとした動機は何か」と尋ねられた時、高見澤はこう答えたのである。

高見澤「さおりさんからいろいろ話を聞く中で、普通なら学校の校長が殺人なんか犯すわけないので、私は非常にその点は慎重に聞きました。彼女が説明した中で

（中略）、バレーボール部、何かすごい名誉をとっているようですけど、そこが出場停止になったり、その監督が処分受けたり、部員が何かになったりというのは、それは絶対に校長としては阻止しなきゃいけないと。その阻止することができるんであれば転校させるか、本人が学校に来なけりゃ来ないでいい、自殺するんだったら最後は自殺したらいいんじゃないかと、そこまでこの校長さんは考えたんだと。だからということをかなり明確に、つまりこの学校の特殊性、それからこのバレー部にどんな期待を持って、自分の子供もそうなんだけども、入って、バレー部を出ることで社会的にどんなに将来が開けているかということを彼女は随分、私も初めて聞くことで、ああ、そうかなと思ってびっくりして聞いていました」

佐藤「彼女がそういうふうに言うその内容で具体的に原告が殺意を持つと、そういうふうにあなた自身は判断したんですか」

高見澤「そうですね。殺意というのもいろいろありますから、御存じのように。明確にピストルで撃ったり、短刀で刺したりというときの殺意もあれば、死ぬんなら死んでもいいと、死んでくれたらありがたいというような非常に緩い殺意というのもあると思います」

佐藤「しかし、実際に校長である太田が生徒を殺したということになれば、そのことがもし発覚すればより学校の名誉が毀損されるなんていうことは明らかじゃないですか。それについてはどう考えたんですか」
高見澤「だから、恐らくそういうことでは社会は、一般はそこまでは考えないだろうという甘い認識だったんじゃないかなと思いますけど。（中略）太田さんが自分がこういうことをしたからといって、それは殺人罪に問われるようなことはないだろうと、そういうぐあいに考えてやられたんだろうと、こういうことです」
佐藤「それは、すべてあなた自身の推論というか、想像の世界ですよね」
高見澤「想像の世界ですが、ここまで希死念慮のあるという診断書がありながらこういう書面を出すというのは、本人はそういう責任を問われないだろうというふうに考えたと思います、それは」
校長はやりとりを聞いて、この弁護士、負け戦《いくさ》と観念してやぶれかぶれになったのかと思ったほどだ。虚勢を張っている様子も、ありありとわかる。
さらに、裁判官と高見澤との次のような質疑応答にも校長は唖然《あぜん》とした。
裁判官「12月3日の話し合いも（殺人の）実行行為の一つだというふうにおっしゃっていましたが、そういうことでよろしいんですか」

高見澤「はい」

裁判官「そうすると、校長が現場に行っている人たちを道具として使ったという……」

高見澤「そういう考えです、私の考えでは」

12月3日のさおり宅での話し合いに、校長は出席していない。出席していない者が殺人を実行しようとすると、高見澤の論理ではこういう解釈になるらしい。しかもこの話し合いは原告、被告双方で録音されている。高見澤がこのテープをきちんと聞いていたのかどうか、裁判官が質問した。

裁判官「このテープは、結局余り聞いていないんですか、告訴前は」

高見澤「告訴前は余り聞いていないです。ただ、お母さんは非常に記憶の鮮明な人で、そこでどういうことを言われたのか、どういう約束をさせられたのかということをかなり僕は詳しく聞いています」

裁判官「最後の直近の実行行為なんで、これは聞いたほうがよかったんじゃない？」

高見澤「そこは聞きました。だから、裕太君を学校に行くねというか、登校させる約束を取りつけたあたりのとこは、後ろのほうですけど」

高見澤の答えに、裁判官は語気を強めた。

裁判官「そうじゃなくて、全部を聞いてから告訴すべきじゃないかなと思うんですけど、そうは思いませんか？」

高見澤「そうは思いません。ほかの証拠が決定的にありますから」

高見澤は、裕太君を診察した精神科のカルテすら、やはり告訴前に確認していなかった。

佐藤は、高見澤が告訴前に事実関係について十分に検討しなかったのではないかと質《ただ》した。

佐藤「そもそもあなたがこの事件に関与するについては、さおりさんの言い分と学校を代表して太田が記者会見した内容が真っ向から対立していると、この対立構造にあるということは当然知っていたわけです、あなたは。告訴前に。いいですか。それは認めるでしょう」

高見澤「それは基本的なところで対立していた……」

佐藤「こういう場合に原告太田の弁解なり、あるいは少なくとももどの程度関与していたかはともかくとして、長野県教育委員会がもう既に関与していたんだから、そちらのほうのちゃんと弁解、あるいはさおりさんが持っていない反対証拠が出てくるかもしれないじゃないですか。そういうものを検討した上で告訴しなければいけないという、そういう判断はしなかったんですか」

高見澤「それは、判断はこういうふうにしました。つまりこういう学校でいじめがあったり不登校になったときに、学校側や教育委員会が裁判になってもどれだけその事実を隠して、どれだけ責任逃れをしようとしているかと、そういう事例がたくさんありますので、それと同じことが始まっているなと。だから、こういうところへ幾ら聞いても、はい、そうですということにはならないというのは私は最初から考えて、さおりさんの言い分と残されたいろんな資料をもとに告訴することがまず第一だと、あとは捜査機関が調べて真実を明らかにしてくれるだろうと、こういうふうに考えて告訴しました」

そこで佐藤は、高山さおりが信頼するに足る人物なのかと聞く。

佐藤「しかし、あなた自身はさおりさんと長年のつき合いがあって、さおりさんがどういう人物であって、信用できる人かどうかというのはまだわからない段階ですよね。それでもそういう判断されたんですか？」

高見澤「こう言っちゃなんですけども、それは初対面でわかる人もいればわからない人もいますが、2度、3度会っていくうちに、ああ、この人は本当のことを言っているなと、この証拠というか、こういうものに照らせばさおりさんの言うことは間違いないなと、こういうふうに判断していきました。非常に記憶力がいいというか、正確に話しする人ですし、そういう意味では私は信頼して事件を受けることにしました」

法廷に失笑が漏れた。

高見澤が、かすれ声のまねとハンガーで1回叩《たた》かれた程度ではいじめ自殺の原因としてはやはり弱いと考えていたことも、この本人尋問で明らかになった。そこで、うつ病の診断書を3通も提出したにもかかわらず校長から登校を促す手紙が再三来る、登校を巡る話し合いが4時間以上も行われたという事実に着目し、これらの行為を自殺の原因として主張することが可能だと判断したようである。米倉弁護士による主尋問（自ら申請した証人に対して行う尋問）で、彼は遠まわしにそう答えている。

さおりが管理していた「丸子実業高校生　いじめ　自殺事件」と称するブログについては、その存在すら知らず、したがってそこに告訴状が掲載されていたことすら知らない。さおりから、告訴状をインターネット上で公開していいかどうか承諾を求められた記憶もないと述べた。

2回の本人尋問をとおして最も法廷にどよめきが走ったのは、県教委こども支援課の丸山雅清を刑事告訴したかと佐藤が尋ねた場面である。高見澤が答える。

「していないと思う。警察官と丸山……」

裁判長が口を挟んだ。

裁判長「済みません、告訴したかどうか、とりあえず結論」

高見澤「ちょっと思い出しているんです。しなきゃいけないと思ったことは間違いないから、民事訴訟は学校の関係だから無理だというんで、責任を明らかにするために刑事告訴しました」

ところが、「罪名は何ですか」と聞かれると「思い出せません」、「処分はどうなりましたか」と続けて尋ねられると「聞いていません」――。

高見澤は、ひとりの人間を自ら刑事告訴しておいて、それを失念したうえに、罪名も、その処分がどうなったかも覚えていなかった。

「信じられない！」

傍聴していた上野京子は思わず声を上げた。

太田校長が起こしたこの訴訟の判決は、2011年1月14日に言い渡された。川口泰司裁判長は、原告の主張をほぼ認めて、被告に対し165万円の賠償と、信濃毎日新聞への謝罪広告を命じた。校長の全面勝訴である。

判決文では、殺人罪の嫌疑をかけるだけの客観的根拠もなく、またその確認もせずに告訴をしたこと、さらに、記者会見およびブログで告訴と同様の内容を公表したことが原告の名誉を著しく毀損し、重大な過失に当たると認定した。

ブログには関与していないという高見澤の主張については、長野地裁における民事訴訟で、さおりが告訴状の掲載は高見澤に確認を取っていたとはっきり供述していることから、信用できないとした。

この判決に対し、高見澤のみ、1月25日に東京高等裁判所に控訴。12月14日には棄却されるが、翌12年1月6日、最高裁判所に上告した。

同年6月5日、そんな高見澤に追い打ちをかける決定がなされる。バレー部関係者が東京弁護士会に申し立てていた懲戒請求が認められ、戒告処分が下されたのだ。

太田校長に対する殺人罪での告訴が弁護士としての注意義務を欠いたこと、さらに、記者会見で同校長が殺人を犯したかのような発言をしたことは同校長の名誉と社会的信用を毀損する行為であったとし、〈これらはいずれも弁護士としての品位を害すべき非行に当たる〉と認定されたのである。

この決定に承服できない高見澤は、日本弁護士連合会に審査請求を行った。この審査請求書の中で高見澤は、懲戒処分を下されるようなことになったら、弁護士を辞職しようと考えていたと明かす。ところが多くの弁護士から、東京弁護士会の処分が間違っているのだから辞めるのではなく、日弁連で処分を取り消してもらうよう努力すべきであると諭されたそうである。

また、今回の処分は、積極果敢に弁護士業務をしている者に与えられた〝勲章〟と思えばいいと慰められもしたと言う。

しかし、日弁連はこの審査請求を棄却し、２０１３年5月14日、処分は確定した。弁護士活動そのものへの懲戒処分は異例のことだという。

同年10月３日、高見澤が前年に提起していた上告も棄却され、こちらの敗訴も確定した。

７年前、大勢の報道関係者を集めた記者会見の席上、「太田校長を殺人と名誉毀損の容疑で告訴する」と自信に満ちて宣言した時、高見澤はよもや、このような結末が訪れるとは想像すらしなかっただろう。

終　章　加害者は誰だったのか

丸子実業高校を巡る全《すべ》ての訴訟はこうして終了し、高山さおりと高見澤昭治弁護士の主張は完膚なきまでに退けられた。

しかし、勝利したはずの学校関係者の胸中には、ある種のむなしさや割り切れない思いがある。理由はひとえに時の経過である。事件が起きた時、バレー部の関係者は、真実を明らかにするために一致団結して訴訟に立ち向かった。だが、長い時間を費やして勝訴し、ようやく汚名がそそがれたと思った時、世間はすでに事件を忘れていた。

マスコミは、事件の第一報こそセンセーショナルに報じるが、よほどの大事件でもない限り、判決にはたいして紙面を割かない。さおり側に立って一方的な報道を展開したマスコミは、なおさらである。その結果、この丸子実業の事件は、第一報の通り、「いじめ自殺事件」として人々の記憶に漠然と刻まれたまま風化してしまったのだ。

「あの事件どうなったの？」

いまだに関係者はそう聞かれるという。

（子供たちの無実は裁判によって証明されたが、我々の負った傷は我慢するしかないのか）

上野正俊監督はそう自らに問う。

名誉毀損《きそん》訴訟で勝訴した太田真雄校長も複雑な思いを抱える。高見澤弁護士は１６５万円の賠償金を支払ったが（さおりは今度も1円たりと支払っていない）、信濃毎日新聞への「謝罪広告」はいまだに掲載されていない。

校長は時折、県の職員から、「あの謝罪広告はまだ載らないんですか？」と聞かれるという。

校長の代理人を務めた佐藤芳嗣弁護士が、２０１４年1月、高見澤の代理人の米倉洋子弁護士に確認したところ、「高見澤弁護士が判決に納得していないので」との返答だった。

「もちろん、きちんと謝罪してもらいたい気持ちは強い。しかし、事件から10年近くを経て掲載されても、『ああ、こんなことあったのかな、今さら何？』と多くの人は思うんじゃないか。時間的なずれが大きいのです」

校長は言う。

だが、こうした校長の複雑な思いをいいことに確定判決を履行しない高見澤に、佐藤弁護士は強く憤《いきどお》る。

「確定判決に不服なら再審請求を検討すればいいじゃないですか。法治国家で弁護士自ら確定判決を守らないなんてありえないことですよ」

当の高見澤はいまだに、校長は殺人罪に相当する罪を犯したと主張している。それが、彼に取材を申し込んだ私への回答だからだ。彼は直接会うことを拒み、電話の向こうで一方的にこう語った。

「校長が追い込んで裕太君が自殺したのは確かな事実だ。謝罪広告を出さないのは、判決が間違っているからだ。刑事事件で告訴したのも間違っていない。あれは起訴する寸前まで行った。私は、校長が自殺に追い込んだ証拠として、あの診断書3通で十分だと思う」

そして、こちらの書面での質問に、同じく書面で次のごとく回答した。

――それぞれの判決をどう受け止めているか。

〈いずれの判決も事実を誤認し、判断を間違っていると考える〉

――いまでも校長への殺人罪は適当と考えているか。

〈いまでも告訴の罪名としては殺人罪が相当であると考えている〉

謝罪広告を出さないことについては、

〈間違った判決に従って謝罪広告を出すことは、依頼者である高山さんを裏切ることになるばかりか、私の良心が許さないからです。私は自分の良心を自分で侵すことはできませんし、むしろこのような間違った判決にめげずに、憲法19条に基づいて良心をしっかり守り、基本的人権と社会正義の実現のために、心身共に健康が許す限り、そのような姿勢で弁護士として活動することこそが、自分に与えられた使命だと信じて、自らを励ましながら、活動を続けたいと考えております〉

さて、もう一人の主人公、高山さおりは裁判終結後、どうしているのか。ぜひとも彼女の肉声を聞きたいと何度もあのピンクの家を訪れたのだが、なかなか会えなかった。明らかに在宅していると思われるのに出てこないのだ。

近所の人に聞くと、ここ数年は町内の人間が訪ねても決して姿を現さないらしい。そもそもこの家には、インターホンすらない。

「最近は、回覧板もあそこの家は飛ばすようにしている。以前は普通に出てきたんだけど……」

幾分当惑気味に隣人は言う。

目の前に広がる荒れ果てた庭は、彼女の心象風景を映し出しているようにも思える。

ところが、14年11月のとある夕刻、私は、ピンクの家の玄関先でようやくさおりに会うことができた。外出から戻った直後なのだろう、つけまつ毛をしたフルメイクに、若い女性がはくようなホットパンツとスパッツ姿で、実際の年齢より若やいだ印象だ。

なぜ、いずれの裁判も最後まで闘わなかったのかと尋ねると、こうまくし立てた。

「裁判は真実が通らないんですよ。バックに県や県教委がいて圧力をかけてくる。警察官もグルですよ。警察官も一切信用しません。裁判は真実は関係ないんです。大多数で決まるんです。だから、裁判しても無意味じゃないですか。それに、本当のことを言うといじめにあいます。裕太の事件のいじめの目撃者はいますよ。テレビの取材に答えています」

私が彼女の話に疑問を差し挟むと怒り出し、最初は、「高見澤弁護士に聞いてください」と言っていたのが、

「高見澤弁護士にも聞かないでください！」

「書かないでください！」

「帰ってください！」

「警察呼びますよ！」

「敷地からも出て行ってください！」

と、矢継ぎ早にまくし立てられ、ドアを閉められてあっという間に追い出されてしまった。この間、ほんの数分である。

しかし、「書かないでください」とはあまりにご都合主義ではないか。マスコミを利用して事実を歪曲《わいきょく》し、一方的な主張をしていた彼女が、裁判に負け虚言が暴《あば》かれると、今度は頑《かたく》なに取材を拒否するのだ。

彼女の家からほど近いところに住む実母を訪ねると、言葉少なにこう語った。

「もう、そっとしておいてください。（裕太の）自殺の原因は学校でのいじめ以外、考えられない。普通、こういういじめ自殺の場合、学校が謝るのに……」

この実母は、裕太君の自殺直後には、学校に対して非難めいたことは一切口にしていない。マスコミにへたなことを言って、あとでそれが娘に知れたらえらいことになる――きっと、それを恐れているのだろう。

やはり近隣に住む親族の男性も、

「（学校での）いじめや暴力はあったんでしょう」

と言う。実母と同様、さおりを恐れている様子がありありと伝わってくる。とはいえ、彼もさすがに事実はわかっているようだ。高見澤弁護士を指して暗にこんなことを言った。

「おれも商売をしてるけど、まともな客かそうでない客か、長い間の経験でわかるよ。弁護士だってその道のプロのはずなのに……」

「さおりの『死ぬ、死ぬ』ってのは、ありゃ、テクマクマヤコン（漫画の主人公が唱える呪文《じゅもん》）みたいなもんだ」

さおりの気性を知りぬいている男性は、裕太君の幼い頃からその家庭環境を心配し、「おれのところに逃げてこい」と声をかけていた。しかし裕太君は、「ママがかわいそう」「僕がママのそばにいないと」と首を縦に振らなかった。

「さおりが周りから孤立しているのをよく知っていて、そう言ったんですよ。自分がいなくなったら、と気遣ったんでしょう。裕太はいい子でしたよ」

実際、裕太君は祖父母に育てられたようなものだと言う。

「さおりは家事は何にもやらない。気が向いたときだけ食事を作る程度で、裕太の弁当作りもしない。それで裕太はよく、じいちゃん、ばあちゃんの家で飯を食っていましたよ」

そして、裕太君の声が出にくくなったのは、父親が代わったことなどによるストレスではないかと話した。

その後私は、さおりの3番目の夫にも会って話を聞いた。

太田校長が、さおりと高見澤を名誉毀損で訴えて間もなくのことである。原告校長側は、09年4月20日付でさおりの姓が、「高山」から「上原」（仮名）に変わっていることに気づいた。さおりは、長野地裁での民事訴訟で敗訴（同年3月6日）した後に、上原正弘（仮名）と3回目の結婚をしていたのである。ちなみに5か月後の9月には再び離婚している。

二人が知り合ったのは3月の末、きっかけは2番目の夫の小島と同様に出会い系サイトである。

「彼女は当時、子供をいじめ自殺で亡《な》くした母親で、前の夫からひどいDVを受けPTSD（心的外傷後ストレス障害）になった被害者だと打ち明けました。かわいそうな女性だなと心から同情したのと、自分はマスメディアに何回か登場していて有名人であるとも言っていたので、それを信用したこともあり、知り合って1か月足らずで入籍したんです」

ところが、入籍した途端、彼女の態度が豹変《ひょうへん》したという。

「新生活を始めるため、彼女の家に自分の荷物をすべて運び込んでいる最中から、彼女のすさまじい暴言、暴力、自殺騒ぎがひどくなり、こちらも自殺したいほどの精神状態に追い込まれました。命の危険を感じて2週間ほどで実家に逃げ帰りましたよ」

気に入らないことがあるとすぐに包丁を振り回して「死んでやる」と喚《わめ》く、夫に包丁を突きつける、夫の顔を殴ったり引っ掻《か》いたりする、ドライブ中、助手席から手を伸ばしてハンドルを切り、対向車線に向けようとする、ネクタイで首を吊《つ》るまねまでしたというから、2番目の夫の場合と全く同じといっていいだろう。いやむしろ、その言動はさらにエスカレートしているようでもある。

そして二言目には、「保証しろ！」「責任を取れ！」「証拠、証拠」と口にする。

敗訴した直後にもかかわらず、さおりは、裁判のことも2番目の夫に訴えられていたことも、しばらく話さなかった。ただ、「裕太は学校でいじめ殺された」「記者会見で校長が笑っていた」という話だけは何度も聞かされた。

裕太君の自殺についてはこう話したという。

「自分は裕太の自殺を警戒して、子供の部屋のドアを外し隣の物置で常に見張っていた。ところが、自分がちょっと寝たすきに自殺されてしまった」

そしてさおりは上原に、裕太君が首を吊るのに使ったという自転車盗難防止用のチェーンロックと、それをかけたと思われる、ドアの上部に打たれた五寸釘《くぎ》も見せたのである。

「彼女は、本当に裕太君がいじめによって自殺をしたと信じ切っているような口ぶりでした。とにかく、『丸子実業』と名のつくものはすべて敵という感じで、『これは、丸子の手の者の策略だ』とか言っていましたね」

校長から訴状が届いたのは、上原がちょうど在宅していた時だった。さおりは、「殺人罪で告訴した校長から訴えられた」と言って笑っていたそうだ。

また彼女はこうも話した。

「働くと裁判所からの命令でお金を取られてしまうので、働いて収入を得るのは難しい」

上原は最初、何のことかわからなかったが、しばらくして、彼女が複数の裁判で敗けていて賠償を求められていたため、働いて収入が生じるとそれを差し押さえられてしまうという意味だとわかった。

ちなみにさおりは、「隠し口座に500万～600万円の預貯金がある」と言っており、2番目の夫の小島も、彼女名義の通帳に1000万円の記載があるのを見せられたことがあった。決して金がなくて賠償金が支払えないわけではなさそうである。

不可解だったのは、次男とさおりとの親子関係だ。たばこが嫌いな彼女は、上原がたばこを吸うとひどく怒るのに、当時は未成年だった次男が喫煙してもなにも言わない。いや、次男がなにをしても叱《しか》らないのだ。

怪訝《けげん》に思った上原が「なんで怒らないの？」と聞くと、「へたに怒ると、裕太のように自殺しかねないから」と彼女は答えたそうである。

その後、上原が離婚を切り出すと、さおりは脅し文句を口にした。

「離婚されたのを苦にして私が自殺したら、全国の私の支援者や私の弁護士がお前を容赦しない。お前の顔写真や住所は全て支援者にばれているから、おまえは社会から確実に抹殺される」

「それなら、おまえが僕に対してやった卑劣な行為全てを支援者や弁護士に暴露する」

上原がそう言い返すと、

「だれが、おまえのような金も地位もないオヤジのいうことに耳を貸す？　世間はみな、いじめ自殺で息子を亡くした気の毒な社会的弱者の女の味方だ！」

こう言い放って高笑いした。

数々のひどい仕打ちにはらわたが煮えくりかえった上原は、何度も佐久警察署や彼の地元の警察署に被害届を出そうとしたが、受理されなかった。ただし、小島同様、自分の所有物一切を残し、着の身着のまま彼女の家から逃げ出す際、佐久警察署の警察官たちは防刃《ぼうじん》チョッキを着込んで上原の身辺警護をしたのである。

彼は、家を出た直後から私物の返還を彼女に強く求めたが、「あなたはどうせ孤独死するに決まっているので必要ないよね」「自殺するなら遺品整理しなよ。荷物は必要ないよね？」などと言われて拒否された。同居していた頃、前の夫の小島が残した高級スーツや革ジャンなどの売却の手伝いをさせられたため、自分の数万円もする革のコートやジャンパー、フォーマルスーツなども叩《たた》き売られたであろうことを想像すると怒りが収まらなかった。

いちばん口惜《くや》しかったのは、卒業アルバム、ヘルパー二級などの資格証書、賞状、トロフィーなど、金では買えない、自分にとってかけがえのないものを取り戻すことができなかったことだ。換金しようもないものまでなぜ返さないのか。上原には全く理解できなかった。

上原はその後、インターネットで裕太君の自殺について詳しく調べ、学校側に非がないことを確信したという。

当のさおりは今も自分を、「被害者」「弱者」と強弁しているのだろう。学校に謝罪を要求した当時の彼女の文書の中に、特大の文字で書かれたこんな言葉を見つけた。

「被害者は悪くない！　私たちはこの当たり前の事を声を大にして訴えます」

これは、1992年に起きた「飯田高校事件」（88ページ参照）の反省に立った「提言」に盛り込まれている文章とほぼ同じである。

被害者が悪くないのは当たり前だ。だが、さおりは被害者でもなければ弱者でもない。

バレー部の2年生部員のある父親は、法廷に提出した陳述書の最後をこう締めくくっている。

〈現在、世間の多くの人はマスコミの報道のせいでバレー部でいじめがあったものと思い込んでおり、高山さんが被害者、バレー部が加害者と思い込んでいます。しかし、真実はバレー部の子どもこそ本当の被害者であり、高山さんが加害者なのです〉

そう、彼女はれっきとした加害者なのだ。より正確に言えば、被害者を装《よそお》った加害者である。だからよけいに始末が悪い。

加えて、さおりが巧妙なところは、飯田高校事件の「提言」（2003年）が出されて以降の、長野県内の教育現場を巡る事情、雰囲気を利用したことだ。飯田高校事件はいじめとは関係ないが、「提言」は、いじめを含め学校管理下で発生した事件における学校の責任を重視している。さらに、田中県政（2000年10月〜06年8月）はいじめ対策に熱心に取り組んでおり、被害者の権利が手厚く擁護される状況だったのである。

マスコミもまたこのような空気のなかで、さおりの言動に違和感を感じつつも、いじめが原因ではないかとして、裕太君の自殺を大きく報道したのである。ただ、報じる側にも認識の差はあった。比較的、さおりと距離を取る記者がいた一方で、さおりや高見澤に積極的に食いこむ記者たちもいたのだ。

その最たる例が、「週刊金曜日」で学校とバレー部を激しく非難した鎌田慧である。私は彼に2度手紙を書き取材を申し込んだが、何の返事もなかった。

鎌田ほどではないが、裕太君が自殺した日の朝、学校に「裕太君が自殺未遂をした」と電話を入れた毎日新聞の記者も、さおり側に立っていた。実は彼は、さおりが裕太君の自殺に気づく直前に7か所に送っていたメール（99ページ参照）の受信者のひとりでもあった。

しかも、このメールには気になるくだりがある。

「今回の事件は子供が自殺未遂に終わり学校がそのことを置け《ママ》とめず」

という部分だ。つまり、裕太君が自殺を図ったと思われる時間帯に奇《く》しくも、「子供が自殺未遂に終わり」と書き送っているのである。これは一体どういうことか。単なる偶然の一致なのだろうか。もっともさおりの場合、「裕太はきっと自殺している」「裕太は死にたいと言っている」などと、ことあるごとに言っては学校を攻撃する手段にしていた。この時も、単なるさおりの脅しと受け取ることもできるのだが。

15年の8月、私は記者本人に連絡を取ってみた。彼はすでに毎日新聞を退社し、別の新聞社に移っている。

「裕太君が自殺した日の朝、何があったか知りたい」と尋ねると、彼は、「電話をしたことは覚えていない。話すことはない。高山さんのプライバシーに踏み込むことになるし、自分の良心の問題もある」と強い調子で取材を拒否するのだ。頑なな態度に半ばあきらめた私が、「わかりました。ノーコメントということですね」と返すと、「ノーコメントということも書かないでほしい。こういう取材を受けたこと自体、書かないでほしい」と言い張る。「お名前は出さないですよ」と続ける私に、「あたりまえじゃないですか！」と大声を出す始末だった。

ここまで過剰に反応するというのも奇妙である。やはり、あの日の朝、さおりと連絡を取り合ってなにごとか知っていた可能性はある。彼ははたして、裁判の結果をどう受け止めたのだろうか。

さおりがでっちあげたこの事件で、被害を受けた者はあまたいる。その中でもとりわけ、裕太君をいじめたとされた山崎翔平君が被《こうむ》った精神的苦痛は大きかった。
彼は、丸子実業を卒業して地元で就職した。現在は結婚してすでに子供もいる。寡《か》
黙《もく》な彼は、自分が加害者にでっちあげられ、つらい思いをしたことを声高に語ること
はない。今の平穏な毎日を過ごすなかで、愉快ではない過去を思い出すことも少なく
なっているのかもしれない。

そこをあえて尋ねると、人生の節目節目でやはり、事件がさまざまなところに影を
落としていることがわかった。就職の際は、このことが原因で万一、内定を取り消さ
れたらどうしようと気を揉《も》んだ。同じ職場に丸子実業で同学年だった社員がいる。彼
が自分のことをどう聞いているのかずっと気になってもいた。だが、事実を正しく知
っていることがわかってほっとしたという。
「裁判の判決が真っ白じゃなかったのがくやしいけど、両親と、これが判決ってもの
だからと話しました」

裕太君についてはこう言う。
「裕太はひょうきんで返しが面白くて、後輩の中ではいちばん一緒にいました。バレ
ー部は裕太にとっては息抜きだったはずなんです。母親に行動を束縛されてしまった
挙句、あんなことになってしまって、いちばんかわいそうなのは裕太です」

加害者扱いをされて最もつらかったはずの山崎君までがそう思いやるように、さおりによる最大の被害者はやはり裕太君であろう。彼を救えなかった無念さとともに関係者が思いを致すのはそのことである。

「当時、つらい思いをした子供たちもみな、今はそれぞれの道を歩み、それなりの幸せをつかんでいる。生きてさえいれば、あの事件は過去のものになりつつあるんです。ところが、裕太君の人生は16歳のまま止まってしまった。裕太君の人生は本当に何だったのか。助けてあげられなかった。それがいちばんくやしい」

バレー部の上野監督の妻・京子の言葉である。

名門と謳《うた》われたバレー部は、この事件以降、次第に優秀な生徒が集まらなくなっていく。2010年3月には指導者の上野が異動したこともあり、昔日の面影はない。

300万円する中古のマイクロバスを他の顧問と費用を出し合って購入するなど、手塩にかけて育てたバレー部を事実上つぶされた上野の口惜しさは、並大抵のものではない。

「それはくやしい、すごくくやしいですよ。こつこつと一生懸命ここまでやってきたのに、根も葉もないことをでっちあげられて、こうなってしまったんですから」

上野はしかし、新たな赴任先で心機一転、チームの育成に専念し、現在このチームは県下でも名だたる強豪になっている。

当時、生徒指導主事としてさおりに対応し、事態を解決しようと奔走した尾野晶は今、県内の別の高校の教頭である。

彼が言う。

「事情をよく知らない人から、あれは保護者とのボタンの掛け違いだったのではないかと言われることがありますが、そんなレベルをはるかに超えた事件でした。高山さんとは話し合いをしようにも、狂乱状態になってしまってどうしようもなかった。結局、言った者勝ち、訴えた者勝ちで、あれだけの騒ぎになってしまったのだと思います」

さおりから理不尽極まりない攻撃を受けた立花実は、裕太君のいなくなったクラスの担任を、生徒たちが卒業した08年3月まで務め、60歳で定年退職した。「皆さんにご迷惑をかけてしまって……」、立花はいまだにそう恐縮する。だが、何よりも無念だったのは言うまでもなく教え子の死であろう。「裕太君は本当に気の毒だった」。朴《ぼく》訥《とつ》な物言いに深い悲哀がにじむ。

太田校長は、09年3月に定年退職し、他校で5年間、再任用教員として勤務した。

校長は今でも自問する。あの時、もっと何かできたのではないか。裕太君に対して強引にアプローチしていれば自殺は防げたのか。例えば、バレー部の生徒たちに自宅に行ってもらい、裕太君に登校を促していたら――。いやそれも、さおりの手前、難しかったろう。答えはいまだに見つからない。

裕太君が遺書を残していたことは、周知の事実である。さおりが、裕太君のポケットから見つけたとして、テレビのワイドショーやニュースが大きく報じたためだ。さおりによれば、遺書にはこう書いてあった。

〈お母さんがねたので死にます〉

ところが、遺書の文字の読み方を巡って大きな謎《なぞ》が浮上する。

裕太君の自殺直後の12月8日に開かれたバレー部保護者会の記者会見で、保護者たちは重大な指摘をしたのである。「ねた」という字が「やだ」と読めるのではないかと疑問を呈したのだ。「ね」か「や」かは微妙だが、次の「た」にははっきりと濁点が確認できる。

「やだので」という言い方自体は一般的とは言えない。しかし、この佐久地方では、「やだかった」「やだから」といった言い方を多用する。事実、裕太君自身が綴《つづ》ったと思われるメモには、「やだかった」という言葉が何回も登場していた。

はたして、〈お母さんがねたので死にます〉なのか、〈お母さんがやだので死にます〉なのか。法廷ではこの読み方を巡って、バレー部とさおり側が激しく対立した。

山崎君親子とバレー部の代理人である神田英子弁護士は、仮に「ねた」と読むとすると矛盾があると主張する。先にも言及したが、裕太君が自殺した当日、さおりは救急車を呼ぶわずか13分前に毎日新聞の記者を含む7か所に長文のメールを送っている。つまり、裕太君が自殺を図った時刻にさおりは寝ていなかった可能性が高いのである。また、遺書というものは、死にゆく人がこの世に遺《のこ》す最後のメッセージであり、自分の最も伝えたいことを書くはずである。「お母さんがねたので死にます」では、わざわざ遺書として書く意味がないと神田は指摘する。

私はためしに、裕太君の筆跡と思われるメモの中から、「ね」と「や」の文字を拾って遺書のコピーの筆跡と比較してみた。すると、拾った文字はメモの中の「ね」とは似ても似つかないものだった。「や」に似ていることは明らかだが、不自然な線や点が加えられているようにも見える。

だが、筆跡の真偽を検証したくとも、裕太君の遺書の原本は存在しない。さおりが言うには、自宅に押しかけたマスコミに貸しているうちにどこかへなくなってしまったのだそうだ。母親にとって何ものにも代えがたいはずの我が子の遺書を、彼女は紛失したのだという。

この遺書について、ある人物が漏らした言葉がある。

生前の裕太君は、長野県弁護士会の「子どもの人権救済センター」に相談に訪れていた。14年12月、裕太君を担当していた男性弁護士に電話を入れてみたのである。そこで私は、裕太君は実は、亡くなる前にも彼と電話で話をしていたのだ。裕太君が最後に何を語ったのか、わずかなことでもいいから知りたいと告げた私に、彼は「守秘義務があるので勘弁してほしい」と口を開かなかった。ただ、これだけを言った。

「あの遺書は、『お母さんがやだので死にます』と普通に読める。そこから推測してほしい」

筑波《つくば》大学准《じゅん》教授の星野豊は、頻発する学校トラブルに教師はどう対処すべきか、法律知識を踏まえた解決法に詳しく、早くからこの事件に注目してきた。その彼が、この特異な事件を総括して語る。

「最近では、いわゆるモンスターペアレントに対して提訴する教師も出てきましたが、この事件のように、保護者から訴えられて、それに対して訴え返し、なおかつ謝罪広告まで求めるという例はおそらく初めてだと思います。

現在でもまだ、学校や教師が裁判に訴えるのは好ましくないと思われています。しかしこの事件の場合は、学校側の正しさを明らかにするために当然の選択だったと言えます。教師も、不当な言いがかりに対しては毅然《きぜん》として闘うべきであるということを知らしめた事件です。

学校は、生徒たちに社会のルールを教える場でもあります。教師が司法という手段を使って不正をただし、それを生徒と保護者に示すことは、教育上も決して無意味ではありません」

最後に、高見澤弁護士と高山さおりが、信濃毎日新聞に掲載しなければならないはずの「謝罪広告」をここに紹介して、このルポルタージュを終えようと思う。

〈謝罪広告

私は、当時、長野県丸子実業高等学校（現在の長野県丸子修学館高等学校）の校長であった太田真雄氏が、同高校に在籍していた高山裕太（上原さおりの子）を自殺に追い込み殺害したほか、虚偽の事実を摘示して高山裕太の名誉を毀損したとして、平成18年1月10日、上原さおりの代理人として、太田真雄氏を刑事告訴した上、その旨《むね》、記者会見において公表しました。

しかしながら、太田真雄氏が、高山裕太を自殺に追い込み殺害した事実、及び、虚偽の事実を摘示して高山裕太の名誉を毀損した事実はまったくありませんでした。

ついては、記者会見により、太田真雄氏の名誉及び信用を著しく毀損したことをここに深く謝罪いたします。

平成　年　月　日

高見澤昭治

太田真雄殿〉

さおりによる「謝罪広告」の文面も、ほぼ同様である。

◆事件の経過

2004年（平成16年）

2／18　高山さおりの2番目の夫・小島雄二、離婚にからみ、さおりに600万円の賠償を求めて提訴〈**離婚裁判**〉

2005年（平成17年）

4／6　高山裕太、丸子実業高校に入学
5／30　裕太、1回目の家出
7／26　夏休みが始まる
8／22　新学期が始まる
8／30　裕太、2回目の家出
8／31　2番目の夫・小島が右の訴訟で詳細な陳述書を提出〈**離婚裁判**〉
9／5　裕太、さおりに付き添われ帰宅
9／8　丸子実業バレー部で「いじめ」に関する調査
9／15　学校、保護者に緊急の保護者会開催を通知
9／15　裕太、クリニック受診　1回目

9／16 太田真雄校長、保護者会でこれまでの経緯を説明
9／26 裕太、約1か月ぶりに登校
9／27 裕太、登校したが午後になって早退。再び不登校に
9／27 裕太、クリニック受診 2回目
10／10 裕太、山崎翔平に暴行を受けたと丸子警察署に被害届を提出
11／4 校長、さおりに手紙を送る
11／6 裕太、クリニック受診 3回目
11／14 学校に裕太の3通目の診断書が届く
11／15 校長、さおりに手紙を送る
11／28 校長、さおりに手紙を送る
12／3 さおりの自宅で関係者による話し合いが実現（出席者は、さおり、裕太、田中信一教頭、立花実担任、県教委高校教育課の両澤文夫、上田教育事務所の佐久間茂、今井正子県議）
12／5 裕太、登校するはずだったが姿を見せず
12／6 裕太自殺
12／10 弁護士・高見澤昭治、さおりと会う
12／19 高見澤、県庁を訪れ、県教委の担当者に、丸子実業の北信越高校新人

12／24　バレーボール大会への出場辞退を要求

12／28　バレー部、北信越高校新人バレーボール大会への出場を辞退
高見澤、再度県庁を訪れ、知事と県教育長宛に7項目の申入書を手渡す

2006年（平成18年）

1／10　さおり、丸子実業校長・太田真雄を訴える〈刑事①〉殺人・名誉毀損

3／9　さおり、県・校長・山崎親子を訴える〈民事①〉損害賠償8329万円余（のち1億3800万円余）

4／28　第1回口頭弁論〈民事①〉

夏頃　バレー部監督・上野正俊の妻・京子、さおりの元夫・小島の裁判を知る

10／31　バレー部関係者、さおりを訴える〈民事②〉損害賠償3000万円

11／2　民事訴訟①と②の弁論を併合

12／6　さおり、県教委職員・丸山雅清と県警警察官・沢田寛を訴える〈刑事②〉名誉毀損・地方公務員法違反

2007年（平成19年）

5/2　太田校長の弁護人・佐藤芳嗣弁護士、長野地検上田支部に意見書兼上申書を提出

7/31　さおりの元夫・小島、完全勝訴〈離婚裁判〉

10/4　校長、不起訴に〈刑事①〉

10/4　丸山・沢田、不起訴に〈刑事②〉

10/4　長野地検上田支部が山崎を長野家裁上田支部に送致

2008年（平成20年）

1/31　バレー部側代理人・神田英子弁護士、小島の訴訟記録を証拠として提出〈民事①②〉

4/10　長野家裁上田支部、山崎の件につき審判不開始、「非行なし」と決定

8/22　太田校長、上野監督、山崎の本人尋問、丸山の証人尋問〈民事①②〉

10/16　さおり、本人尋問〈民事①②〉

10/16　さおり、バレー部の提訴（民事②）に対し反訴〈民事③〉損害賠償3００万円

12/3　バレー部関係者が東京弁護士会に高見澤の懲戒請求

12／19　最終準備書面提出〈民事①②③〉

2009年（平成21年）

3／6　県、校長、バレー部勝訴。反訴棄却〈民事①②③〉

3／12　右の判決に対し、さおり・高見澤、東京高裁に控訴〈民事①②③〉

4／15　校長、さおり・高見澤を名誉毀損で提訴〈民事④〉損害賠償600万円、信濃毎日新聞への謝罪広告

8／31　高見澤・米倉洋子両弁護士、さおりの代理人を辞任

10／14　さおり、控訴取下げ〈民事①②③〉

2011年（平成23年）

1／14　校長、勝訴〈民事④〉165万円の賠償と謝罪広告

1／25　右の判決に対し、高見澤のみ東京高裁に控訴〈民事④〉

12／14　高裁で控訴棄却〈民事④〉

2012年（平成24年）

1／6　高見澤、最高裁に上告〈民事④〉

6／5　東京弁護士会が戒告処分、高見澤は日弁連に審査請求を行う

2013年（平成25年）

5／14　日弁連が審査請求を棄却、処分が確定

10／3　最高裁が上告棄却、判決確定〈民事④〉

文庫版あとがき

本書は、前作の『でっちあげ　福岡「殺人教師」事件の真相』（新潮文庫）と似た構図を持つノンフィクションである。

ともに学校現場が舞台であり、どちらにもいわゆるモンスターペアレントが登場する。モンスターペアレントといえば、教師に理不尽な要求を突きつける「困った親」といった印象が強いと思うが、この2つの事件のモンスターペアレントたるや、単なる「困った親」のレベルをはるかに超えている。

いったいなぜこれほどと、書いている著者本人が絶句するほどの敵意と攻撃性をむき出しにして、教師や学校を破滅寸前にまで追い詰めたのである。

モンスターペアレントの決まり文句は、「我が子がいじめを受けた」の一言だ。

『でっちあげ』は、福岡市の小学校教師が、アメリカ人の血を引く九歳の男児に人種差別からくるひどい暴力を振るったとして、市教委によって全国初の、「教師によるいじめ」と認定された事件である。

本書の場合は、高校一年生の男子生徒の自殺が発端である。遺族である母親は、彼が所属していたバレー部の上級生からいじめを受けていたが、それを学校が隠蔽《いんぺい》しようとしたと訴えた。さらに校長が、希死念慮のある生徒を無理やり登校させようとしたことが自殺の原因であるとして、校長を殺人罪で告訴するのである。

「いじめ」という言葉に、社会は過剰に反応する。

本書の事件が起きたのは2005年、『でっちあげ』の事件が起きたのは2003年である。当時も今も、学校現場でのいじめを苦にした青少年の痛ましい自殺は後を絶たず、深刻な社会問題になっている。マスコミが「いじめ自殺」を大きく取り上げるのは、いじめの卑劣さへの憤《いきどお》りが根底にあるにしても、一にも二にも、世間の耳目を引く恰好《かっこう》のネタであるがゆえだ。

だからこそ、報道はヒートアップし、いじめ自殺に関する多くのレポートが生まれた。

しかし、それらはいずれも、教師や学校、教育委員会を〝加害者〟として糾弾している。

いじめ被害者の訴えを無視して適切な指導を行わず、結果的に被害者を自殺に追い込んだ教師。いじめをあくまで隠蔽しようとする、姑息《こそく》で事なかれ主義の学校や教育委員会。

要するに、子供や保護者は圧倒的に善であり弱者であり、それに対して学校は、非力な子供や保護者を抑圧する権力者として描かれている。

きわめて単純な二項対立である。こんなにきれいに正と邪を色分けできる現実なんてあるのだろうかと首を傾《かし》げてしまう。

これはネットの世界も全く同じだ。

ネットの住人たちは、既成のマスコミをマスゴミなどと罵《ののし》り、その報道姿勢を頭から疑ってかかっている。これはこれで正しいと思う。ネットが発達したからこそ、テレビや新聞の欺瞞《ぎまん》、印象操作の実態が暴《あば》かれたことは事実だ。

ところがことといじめに関しては、ネットの住人はなぜかマスゴミの報道を疑わない。それどころか、その尻馬《しりうま》に乗って、加害者やその親、教師の実名、住所、顔写真までネットに晒《さら》す始末である。時には全く別人の情報がアップされてしまい、重大な人権侵害が起こる。

この2つの事件も、マスコミに取り上げられてネットに晒され、教師や加害者とされた生徒らは、不特定多数の見えざる敵意と憎悪《ぞうお》のターゲットにされ、筆舌に尽くしがたい苦しみを味わった。

本書の事件の場合は、朝日新聞など全国紙にもベタ記事で掲載されはしたが、比較的県内のみの報道にとどまった。とはいっても、校長が殺人罪で告訴された際は、母親の弁護士が記者会見を開いて告訴状を記者たちにばら撒《ま》いたため、その日の夕刊や翌日の朝刊各紙に、「校長を殺人罪で告訴」という記事が、校長の実名とともに掲載されてしまったのだ。

前作の『でっちあげ』の場合はもっと深刻だ。当初は同じく、地元九州での報道にとどまっていたのが、「週刊文春」の記者がかぎつけて書き立てたため、事件は一挙に全国区になった。しかもその記事の見出しは目を疑うものだった。

「『死に方教えたろうか』と教え子を恫喝《どうかつ》した史上最悪の『殺人教師』」

自殺者などだれも出ていないにもかかわらず、被害者とされた児童の母親が、「我が子はこの担任の教師から、『自宅マンションの上階から飛び降りて死ね』と言われた」と証言したため、それをうのみにした記者がセンセーショナルに報じたのである。

しかもこの記事では、教師の実名、目線付きながら顔写真まで晒されている。

「文春」がここまで書くからには事実なのだろう。おそらく誰もがそう思う。実は私もそうだった。私があの事件に関わったきっかけは、新潮社の編集者から、「文春」

の記事の後追い取材を依頼されたからである。「ひどい教師がいるなあ」とは思ったが、記事の信憑性《しんぴょうせい》について特に疑問を持つことはなかった。

本書の事件にしても、校長を殺人罪で告訴するからには、よっぽどの理由があったのだろう。むしろそう思うのが自然だ。

こうした空気がほぼ完璧《かんぺき》にできあがっているところへ、実はこれらの報道は事実無根だった、全《すべ》て虚構だったのだと強烈などんでん返しを喰らったらだれだって仰天する。世の中、何を信じたらいいのかわからなくなる。

しかし、そのまさか、だったのだ。事実は真逆だった。

非力で弱者のはずの保護者が、ありもしないいじめを振りかざし、虚言を弄《ろう》して学校や教師を責め立て、冤罪《えんざい》の罠《わな》に嵌《は》めたのである。「教師によるいじめ」ではなく、「教師へのいじめ」だったのだ。

この2つの事件の母親は性格的にはかなり異なる。まるで絶叫マシーンのような本書の母親に比べ、『でっちあげ』の母親は、決して声を荒らげず、真綿で首を締めるように教師を追い詰めてゆくタイプである。

しかし両者とも病的なレベルの虚言癖があり、学校側が、彼女たちの抗議のすさまじさに思わず謝罪すると、すかさずその言質《げんち》を取って裁判までもっていくなど、学校への攻撃の仕方は驚くほど似ている。さらに、マスコミ、人権派弁護士、精神科医を巧みに取り込んで味方につけるところもそっくりである。

私はそもそも、教育問題にそれほど関心があったわけではない。先にも述べたが、『でっちあげ』の事件に遭遇したのはあくまで偶然であり、本書にしても、再び教育現場を舞台にしたルポを書こうとは思ってもいなかった。

だが、この取材を通し、教師vs保護者という対立構造を目《ま》の当たりにして、非常に考えさせられたことがある。それは、今の日本で弱者、被害者とはいったい誰なのかということである。

日本は民主主義の国であり、基本的人権は国民だれもが有している。その我が国で個人の権利意識は拡大する一方であり、一般人であってもＳＮＳやブログなどソーシャルメディアを利用すれば、自分の主張を広く社会に発信することができる。同様の方法で一消費者が大企業を脅すことだって可能だ。

本書の主人公・高山さおりにしても、「丸子実業高校生　いじめ　自殺事件」と称するブログを開設したり、ミクシィを使ってたくさんの支援者や同情者を獲得している。およそ、虐《しいた》げられた弱者とか、被害者の声なき声などというイメージからは程遠い。

それどころか彼女は、いじめ自殺被害者の母という最強のカードを切ることで周りをひれ伏させ、むしろ強者に変貌《へんぼう》しているのだ。

実際に彼女は、三番目の夫とけんかをした際、こう言い放っている。

「だれが、おまえのような金も地位もないオヤジのいうことに耳を貸す？　世間はみな、いじめ自殺で息子を亡《な》くした気の毒な社会的弱者の女の味方だ！」


この2つの事件で、マスコミは見事に二人の母親に騙《だま》された。

メディアが基本的に、弱者の側に立とうとする姿勢はもちろん正しいと思う。問題は、権力vs弱者などという図式に固執して、あいかわらずのステレオタイプな弱者像に捉《とら》われていることだ。

現実は、強者に転じた鉤《かぎ》カッコつきの「弱者」が、学校を翻弄し屈服させるほどの力を持っているのだ。2つの事件が起きた2003年～05年頃、すでに全国の教師たちは、クレーマー化した保護者に悩まされていたのである。しかしこの〝下克上〟を、マスコミは見ようともせず取り上げることもなかった。だから、モンスターマザーたちの正体を見破ることができなかったのだ。

権力を監視することがメディアの使命であるといわれる。

ノンフィクションを書く者として私も昔は、天下国家を論じ、筆一本で権力者の首を獲《と》るような〝大きな物語〟に憧《あこが》れたことがある。しかし、成熟した民主主義社会のわが国で、そうした血沸き肉躍るスケールの大きなテーマに出会うことはそうそうない。

そもそも、権力＝悪と決めつけることは、物事を判断する目をゆがめ、ひいては事実を見誤ることにつながると思う。『でっちあげ』しかり、『モンスターマザー』しかり。

真実は思いのほか地味であったりする。メディアの役割とは、虚心坦懐《きょしんたんかい》に対象を見つめ、一歩一歩地道に着実に真実に迫ろうと努めること、これに尽きると思う。とんでもない冤罪を生まないためにも。

著者

二〇一八年一二月

解説

東《あづま》　えりか

世間にモンスターが跋扈《ばっこ》している。患者が、消費者が、視聴者が、そして親が、モンスターとなって理不尽な要求を言い募る。今では社会現象の一つとして、対応方法のマニュアルまで製作されるほどだ。困った人の扱いには注意しろ、社会人の心得の一つである。

子供を預けている学校は、そのモンスターが発生しやすい。無理難題を吹きかける教師もいれば、授業妨害を繰り返す生徒もいる。我が子可愛《かわい》さに親の要求がエスカレートしていいちゃもんになっていく場合もある。裁判費用などを負担する個人賠償責任保険まであるというから驚きだ。

学校や教師ばかりか教育委員会、果ては市や県にまでクレームをつけ、裁判に持ち込む。それが正当なものならわかるが、嘘八百《うそ》を並べ立てる場合もある。

そういう親たちを総じて「モンスターペアレント」、略して「モンペ」というようになったのは１９９０年代後半くらいだったろうか？　本書はその中でもかなり特殊なモンスターである。母親ひとりで学校に挑んでいく姿はすさまじく、背筋が寒くなる。その子供の気持ちを思うと涙が出てくる。

あらましはこうだ。

２００５年12月、軽井沢に隣接している長野県御代田《みよた》町で県立丸子実業高校（現・丸子修学館高校）に通う高校1年生の男子が自殺した。母親は所属していたバレーボール部内部でいじめがあったことを苦にしていたと証言し、少年が気持ちを書きとめていたノートには「いじめをなくしてほしい」という記述もあった。事実、夏から不登校が続いており、家出も2回している。少年には声が出にくいという障害があり、部活の先輩にその真似《まね》をされたり、ハンガーで頭を叩《たた》かれたりしたことを母親に報告していたという。

だが高校側はそれに反論し、校長は「いじめとは考えていない」と語り、「母親が言う暴力やいじめと、学校側の認識に違いがあった」と説明した。

これだけだと世間によくあるいじめの隠蔽《いんぺい》事件のようだ。事実、マスコミは母親の主張を全面的に信用し、学校の落ち度をせめ立てた。学校がいじめの実態を把握していないために起きた事件は後を絶たない。確かに多くの少年の自殺は、陰湿ないじめが関わっているのは間違いない。

この少年は遺書を残していた。

「お母さんがねたので死にます」

小さなメモ用紙に走り書きのようなものだった。少年の挙動を不審に思った母親が監視を緩めた時間の自殺だったという。

自殺から1か月、東京弁護士会所属の高見澤昭治弁護士が校長を殺人罪および名誉毀損《きそん》で刑事告訴した。不登校で欠席が続くと2年生への進級が極めて困難になる、など精神的に追い詰めた結果、自殺を決意させたと主張、これが「未必の殺人」に当たるというのだ。同時に遺族側は、長野県、学校長、いじめをしたとされる上級生やその両親を相手取って1億3800万円あまりの民事訴訟を起こした。

ここまでがマスコミで報道された経緯である。学校が矢面に立たされた形だ。

だがこの少年の自殺までの母親の行動は常軌を逸していたのだ。著者の福田ますみは少年の友人、学校関係者、教育委員会、児童相談所などを徹底的に取材し、証言と事実を淡々と積み上げていく。

少年が自殺する前、彼が何度も家出を試みた理由は、本人が部活の友人たちに語っている。母親の要求は苛烈《かれつ》で、教師たちの戸惑いと恐怖は読み手に伝わり、手に冷たい汗をかいていた。

　母との関係が上手《うま》く行っていないことも、部活の仲間は知っており、父兄も含めてなんども引き離そうと説得を試みる。だが少年は母親のもとを離れようとはしない。なぜ逃げないのか、なぜ本当のことを言わないのか。少年の心がわからずもどかしい。

　通学時間が90分と長いにもかかわらず、少年は家事全般を担《にな》っていたようだ。幼いころからやっていたバレーボールの名門、丸子実業に進むことができたのは、きっと嬉《うれ》しいことだっただろう。だが母親は学校に乗り込み部活の時間を制限させた。不登校も少年の望みではなく「学校に来たいし部活もしたい」と答えている。

　だが少年は自殺してしまった。彼の力になりたいと周囲が心を砕いていたことが無になってしまった。その落胆がいかばかりだったか。母親の悲しみは裁判に向けられた。

　だが言いがかりのような賠償請求に部活の仲間や父兄、先生たちも黙ってはいなかった。訴えられた被告たちは団結し、遺族側に対し「いじめも暴力も事実無根で、母親のでっち上げ。母親の行為で精神的苦痛を受けた」などとして、3000万円の損害賠償訴訟を長野地方裁判所に提訴した。

　母親の行動や抗議は常軌を逸している。正直、こんな人が本当にいるのかと信じられないのだが「困った人」に困らされている人は世の中に多い。この母親は精神科に連れられてくることはなかったが実兄の言葉を通じた医師の見立てでは「人格障害の疑い」とされ、治療対象とはなっていない。

精神科医で人格障害（最近ではパーソナリティ障害と呼ばれる）の最前線に立つ岡田尊司《たかし》の『パーソナリティ障害がわかる本』（ちくま文庫）にはごく普通の家庭や職場で深く悩んでいる人が多数紹介されている。

基本症状としては、

①両極端で二分法的（白か黒かの二項対立）な認知
②自分の視点にとらわれ、自分と周囲の境目があいまい
③心から人を信じたり、人に安心感が持てない
④高すぎるプライドと劣等感が同居
⑤怒りや破壊的な感情にとらわれて、暴発や行動化を起こしやすい

確かにこの母親の行動はこれらに当てはまる。しかし程度の差こそあれ、だれでもこうなのではないだろうか。問題は過激化することだ。怒りや感情のブレーキが利《き》かないのは、非常に傷つきやすく、キレやすいからなのだそうだ。自分の思い通りにならないとき、ガラッと態度や表情を変えて、猛烈に攻撃したり、罵詈雑言《ばりぞうごん》を口にし続ける。場所や周囲の状況は関係ない、というあたり、この母親が学校関係者を罵倒し

たことによく似ている。

この母親の性格は少年や学校関係者だけに向かっていたのではないことは、後の裁判の経過でわかってくる。児童相談所なども実態を知っていたのに、情報の共有はされていなかった。

確かに病気でない以上、プライバシー保護の問題で表沙汰《おもてざた》にはなりにくかったかもしれない。しかし情報が伝わっていないことで、子供が犠牲になるニュースは絶えないのだ。

精神障害者移送サービス業の押川剛《おしかわたけし》の本『子供の死を祈る親たち』（新潮文庫）では「家族の問題」に公的機関や医療機関の介入が難しいとしている。子供の虐待《ぎゃくたい》や育児放棄についても、本来尊重されるべき「子供の意思」や尊厳は守られず「親の意思」が第一優先されるのだ。

最近「毒親」という言葉をよく聞く。子供のころから親に支配され、親のいいなりになってきた子が大人になり反旗を翻《ひるがえ》す形で告白している。しかしそこまで成長できなかった子はどうなったのだろう。まさに、この丸子実業事件の少年は犠牲者だと思う。

もちろん事件というものは一方だけから見るべきではない。最初の報道では、悪いのは学校であるとし、母親には多くの支援者がついた。本書の著者、福田ますみに対しても、対象に思い入れし過ぎだ、とか子を亡《な》くしたばかりの母親に対して残酷だ、と批判が浴びせられた。

少年の自殺が2005年12月、最高裁の判定が確定したのは2013年10月、そして本書の単行本が上梓《じょうし》されたのは2016年2月。この事件の原因は母親にあると最高裁で認められた後に出版されている。

この過程が大事なのだ。福田ますみの前作『でっちあげ』（新潮文庫）のことを思い出さずにはいられない。2003年に起こった「福岡『殺人教師』事件」と呼ばれるこの事件は全国で初めて「教師によるいじめ」と認定された小学校での体罰事件を取材したものだ。ひとりの教師が担任の児童を執拗《しつよう》に苛《いじ》め続けて、「早く死ね、自分で死ね」と自殺を強要し、その子供はPTSDによる長期入院に追い込まれてしまった……。母親は教師、学校、教育委員会を相手取って訴えを起こす。『モンスターマザー』とたどった道は一緒だ。

福田は取材するうちに、これは母親の嘘ではないのかと疑い始める。それは確信に変わり単行本として世に出たのが2007年。2010年に文庫化されたが、その間の裁判では結局この教師は罪に問われたままだった。

『でっちあげ』は最初から著者への批判が寄せられた。教師側の立場で書かれたこの本が、本当に正しいのか、ネット上で活発な議論がされていたのだ。どちらが正しいか、福田が書ききれなかったことは残念だと思った。最終的にはこの教師の言い分が通ったのだが、そのことが書き加えられたのはなんと文庫化した後、9刷になってからだ。

『モンスターマザー』はこの轍《てつ》を踏まない。がっちりと証拠固めと裁判結果を踏まえた本書には安心感がある。

単行本出版後、福田ますみは「デイリー新潮」のインタビューでこう語っている。

――真実は明らかになりました。とはいえ、考えなければいけない課題は残されています。それは『どうすれば子どもの命を守ることができたのか』ということ。どの段階で、誰が、どのような対応をすべきだったか。悲劇を繰り返さないためにも、検証することが求められているはずです――

貧困、教育現場の荒廃、いじめや虐待などなど、子供を守るための法整備が必要だということは、多くの人が主張している。なかなか実現に至らないのは忸怩《じくじ》たる思いがする。少子化問題が喫緊の問題である以上、この問題は多くの人に考えてもらいたい。本書はそのための必読書であると言える。

（二〇一八年十二月、書評家）

この作品は二〇一六年二月新潮社より刊行された。

モンスターマザー

―長野・丸子実業「いじめ自殺事件」教師たちの闘い―

新潮文庫　ふ－41－3

平成三十一年二月一日発行

著者　福《ふく》田《だ》ますみ

発行者　佐藤隆信

発行所　株式会社新潮社

郵便番号　一六二―八七一一
東京都新宿区矢来町七一
電話　編集部(〇三)三二六六―五四四〇
　　　読者係(〇三)三二六六―五一一一
https://www.shinchosha.co.jp

価格はカバーに表示してあります。

乱丁・落丁本は、ご面倒ですが小社読者係宛ご送付ください。送料小社負担にてお取替えいたします。

印刷・株式会社三秀舎　製本・株式会社植木製本所

ISBN978-4-10-131183-8 C0195